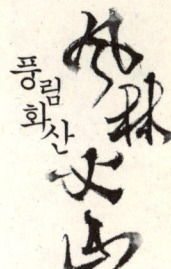

풍림화산 風林火山

FANTASTIC ORIENTAL HEROES

임영기 新武俠 판타지 소설

풍림화산 5

임영기 新무협 판타지 소설

초판 1쇄 찍은 날 § 2011년 1월 24일
초판 1쇄 펴낸 날 § 2011년 1월 31일

지은이 § 임영기
펴낸이 § 서경석

편집책임 § 주소영
편집 § 어정원

펴낸곳 § 도서출판 청어람
등록번호 § 제1081-1-89호
등록일자 § 1999. 5. 31
어람번호 § 제2-2039호

주소 § 경기도 부천시 원미구 심곡2동 163-2 서경B/D 3F (우) 420-822
전화 § 032-656-4452 팩스 § 032-656-4453
http://www.chungeoram.com
E-mail § chungeoram@chungeoram.com

ISBN 978-89-251-2422-3 04810
ISBN 978-89-251-2123-9 (세트)

풍림화 그리고 사랑

5

[완결]

풍림화산

임영기

新무협 판타지 소설

FANTASTIC ORIENTAL HEROES

청
어
람

第四十四章

도륙(屠戮)

풍림화산

탁자를 가운데 두고 단운비와 독고연지가 마주 앉아 있는 가운데 정적이 흐르고 있다.

실내에는 단둘만 있다. 청산이 함께 있는 것을 독고연지도 청산 자신도 원하지 않았다.

단운비는 독고연지를 처음 보기 때문에 누군지도 모르고 청산으로부터 어떠한 언질도 듣지 못했다.

단지 예소약에게 조언을 해준 사람이 독고연지일 것이라고 짐작하고 있을 뿐이다.

하지만 그는 자신의 눈앞에 다소곳이 앉아 있는 여자가 독고연지일 것이라고는 전혀 짐작하지 못했다.

독고연지는 단홍이 따라놓은 찻잔에는 손도 대지 않은 채 말끄러미 단운비를 바라보고만 있다.

지금 그녀의 가슴속에서는 거센 격랑이 일어나고 있는 중이다. 단운비를 만나기 위해서 오랜 세월 동안 얼마나 고생을 했었는가.

그리고는 마침내 만났다. 손만 뻗으면 닿을 수 있는 거리에 그가 늠연한 모습으로 앉아 있는 것이다.

그녀가 최초에 단운비를 만나려고 했던 이유는 천화공자 파락호를 자신의 손으로 어엿한 대장부로 만들어보려는 의도였었다.

하지만 그는 파락호가 아니었다. 신룡문과 금검보의 정략적인 혼인을 막기 위해서 홀로 고행을 자처했던 것이다. 그래서 그 사실이 독고연지의 심금을 울렸었다.

그리고 그 파락호적인 행동 때문에 그는 부친의 눈 밖에 나서 낙양에서 수천 리 떨어진 항주성 거지촌에 버려지는 비참한 신세가 되어야만 했었다.

그때부터 그가 얼마나 파란만장하고 혹독한 삶을 살았는지 청산에게 듣고 독고연지는 그가 너무도 가련해서 숨이 끊어질 것처럼 울었다.

어떻게 인간이 그처럼 처참한 상황에 처할 수 있으며, 그런 곳에서 기적적으로 살아 나올 수 있는 것인지 믿어지지 않을 정도였다.

단운비를 바라보는 독고연지는 만감이 교차했다. 그저 아무 말 없이 단운비의 품에 뛰어들어 천만 마디 말 대신에 흐느껴

울고만 싶었다.

그리고는 또 그를 품에 안고 머리와 등을 쓰다듬으면서 위로해 주고 싶었다.

지난 삼 년여 동안 단운비 한 사람만 생각하면서 그 행적을 쫓아왔기 때문에, 그를 한 번도 본 적은 없지만 그녀의 마음속에서는 이미 오랫동안 알고 지냈던 사람처럼 친근함이 무르익어 있는 상태다.

그녀는 눈물이 나려는 것을 억지로 참으려고 하지 않았다. 결국 단운비를 바라보고 있는 사이에 눈물이 나왔고, 한 번 눈물이 나오자 걷잡을 수 없이 쏟아졌다.

단운비는 독고연지가 갑자기 울자 굳은 얼굴을 풀고 의아한 표정을 지었다.

생면부지의 여자가 들어오자마자 자신을 빤히 쳐다보더니 갑자기 울기 시작하는 일은 자주 있는 일이 아니다.

그래도 그는 그녀가 먼저 입을 열 때까지 기다리기로 했다.

그런데 그로부터 한참이 지나도 독고연지는 울음을 그칠 기미를 보이지 않았다.

짝을 찾기 어려울 정도로 절색미녀가 하염없이 울고 있는 모습은 뭐라고 설명하기 어려울 정도로 청초하고 고혹적인 자태로 보였다.

하지만 단운비는 아무런 느낌도 받지 못했다. 그저 시간이 지나면서 답답한 느낌이 조금씩 더 쌓여갈 뿐이다.

이윽고 단운비는 이만큼 인내심을 보였으면 됐다 싶어서 몸을 일으켰다. 바쁘기 때문에 그만 나가려는 것이다.

"단 상공."

그때 독고연지가 울음 섞인 목소리로 급히 그를 불렀다. 마치 잘 알고 있는 사람의 어조였다.

단운비는 문으로 서너 걸음 옮겼으나 다시 자리로 돌아가서 앉았다.

독고연지가 그의 성을 불렀기 때문이다. 그의 이름은 창천해상단 내에서도 불과 몇 명만 알고 있는데, 이 낯선 여자가 어떻게 자신의 성을 알고 있는지 궁금했다.

독고연지는 여전히 울음을 그치지 않았으나 그때부터는 울면서 말을 시작했다.

"당신을 만나기 위해서 삼 년 동안 천하에 가보지 않은 곳이 없었어요."

그 말에 단운비의 궁금증이 증폭되었다. 자신의 성을 아는 여자가 삼 년 동안 그를 찾기 위해서 천하를 헤매었다고 하지 않는가.

그러나 다행스럽게도 독고연지는 말을 빙빙 돌리는 성격이 아니다.

그녀는 애써 울음을 그치고 일어나더니 포권을 하며 공손히 고개를 숙였다.

"소녀는 금검보의 독고연지예요."

"아!"

단운비는 적잖이 놀라는 얼굴로 낮은 탄성을 흘렸다. 그녀의 말은 철석간담의 그를 놀라게 만들기에 충분했다.

이 모든 일의 원인인 자신의 정혼녀가 바로 눈앞에 앉아 있는 여자일 줄은 꿈에도 생각하지 못했었다.

그녀의 한마디로 단운비의 두 가지 궁금증이 해소되었다. 하지만 새로운 궁금증이 생겼다.

"왜 나를 찾아다녔소?"

그렇게 묻고 나서 그는 비로소 독고연지를 자세히 살펴보기 시작했다.

별다른 뜻이 있어서가 아니라 단지 자신의 정혼녀이기에 본능적인 반응일 뿐이다.

"단 상공이 소녀의 정혼자이기 때문이지요."

독고연지는 그렇게 운을 떼고는 자신이 무엇 때문에 단운비를 만나려고 했는지, 그리고 지난 삼 년여 동안의 일들을 요약해서 설명했다.

평소에 감정 변화를 겉으로 드러내지 않는 단운비지만, 그녀의 설명을 듣는 동안에는 표정이 수시로 변했다. 그만큼 파란만장한 내용이기 때문이었다.

단운비 자신이 신룡문을 떠나 숱한 고초를 겪은 기간 동안에 독고연지도 비슷한 처지였던 것이다.

물론 단운비의 지옥 경험에 비하면 그녀는 고초라고 할 것도 없지만, 그래도 여러모로 두 사람은 닮은 점이 많았다.

최소한 같은 기간 동안 전혀 다른 지역에서 단운비 자신과 무관하지 않은 사람이 고행을 했었다는 사실은 여러모로 묘한 감흥을 일으키게 했다.

그것만으로도 단운비는 독고연지에게 호감을 느꼈다.

독고연지는 삼 년여 동안 찾아다닌 끝에 드디어 만난 단운
비에게 사적으로 할 말이 많을 텐데도 얘기를 질질 끌지 않고
단도직입적으로 물었다.

"현재 상황에 대해서 청산에게 들었어요. 그것에 대해서 단
상공은 어떻게 하실 생각인가요?"

단운비는 그녀의 그런 점이 마음에 들었다. 그녀가 감정을
쏟아냈다면 단운비는 곤란한 기분이었을 것이다. 그는 그녀에
게 일말의 감정도 없기 때문이다.

"어떻게 했으면 좋겠소?"

그는 천절미화 독고연지가 미모로 천하제일이지만 총명함
도 천하제일이라는 소문을 들었기에 대천회에 대해서 그녀가
어떻게 생각하는지 듣고 싶었다.

"무림의 사활이 걸려 있는 난제는 무림이 나서서 해결하는
것이 순리예요."

독고연지는 깊이 생각할 것도 없다는 듯 즉답을 했다. 하지
만 그것은 청산의 설명을 듣고 난 이후 깊이 생각한 결과물이
었다.

"그럴 수 없다면?"

단운비는 단호한 표정으로 말했다.

독고연지의 표정이 단운비보다 더 단호해졌다.

"반드시 그래야만 해요."

"어째서 그렇소?"

그녀는 여전히 즉답을 했다.

"그것은 나라에 외적이 쳐들어오는데 혼자 나가서 싸우려는 것이나 진배없는 일이에요."

그만큼 지식이 풍부하고 총명하기 때문이다. 또한 그녀의 말은 이치와 순리에 타당했다.

그녀가 말하는 '혼자' 라는 것은 단운비를 가리키는 것이다.

나라에 외적 수십만이 쳐들어오는데 혼자 싸우는 것은 누가 생각해도 어리석기 짝이 없는 일, 아니, 미친 짓이다.

"그러다가 나라가 외적에게 멸망하면 혼자 나가서 싸우려고 했던 사람의 책임이에요."

독고연지는 단호한 표정으로 고개를 가로저었다.

"수천만 명의 목숨을 혼자서 어떻게 책임질 수 있겠어요? 그러므로 그것은 처음부터 있을 수도 없고 있어서도 안 되는 일이에요."

그녀는 무림을 나라에, 대천회를 외적에 비유한 것이다.

이 땅의 무림에 몸을 담고 있는 사람의 수는 적게 잡아도 수십만 명은 될 것이다.

대천회가 무림을 제패하려고 하는데 단운비 혼자 상대하다가 잘못되어 수많은 무림인들이 목숨을 잃거나 화를 당한다면 그 책임은 순전히 단운비의 몫이다.

단운비는 어렸을 때부터 고집이 강했다. 삼 년 전에 항주성 하구촌에 버려지고 지옥 경험을 하고 나서는 고집이 더욱 강해졌다.

그렇다고 해서 막무가내는 아니다. 그 역시 박식함과 총명함은 타의 추종을 불허할 정도이기 때문에 옳은 말에는 수긍할 줄 안다.

지금 같은 경우가 그렇다. 독고연지의 말은 어느 것 하나 반박의 여지가 없을 정도로 정확하고 명료하다.

이윽고 그는 고개를 끄덕였다.

"그렇게 하겠소."

그러자 독고연지는 매우 놀라는 표정을 지었다. 청산이 단운비에게 이 일을 신룡문과 금검보에 알리자고 조언을 했다가 의절(義絶) 직전까지 갔었다는 말을 들었기 때문이다.

그랬던 단운비가 독고연지의 충언에는 수긍을 했다는 것이 놀라운 사실이다.

하지만 독고연지는 단운비가 수긍한 이유를 짐작하는 것은 어렵지 않았다.

청산은 어째서 이 일을 신룡문과 금검보에 알려야 하는지에 대해서 그를 설득하지 못했지만 독고연지는 했다. 그 점이 다른 것이다.

독고연지는 조심스럽게 말했다.

"대천회에 대해서 자세히 설명해 주신 후에 신룡문과 금검보에 알리는 일은 소녀가 하도록 해주세요."

"그러겠소."

단운비는 독고연지가 끝까지 마음에 들었다. 단운비가 신룡문이나 금검보, 더 나아가 무림에 대해서 좋지 않은 감정을 갖고 있다는 사실을 헤아린 그녀가 어려운 일을 자청하고 나섰기 때문이다.

단운비는 독고연지와 함께 창천장 자신의 집무실이 있는 해룡전을 나섰다.

해룡전 돌계단 아래에는 그가 평소에 이용하는 마차가 해룡사위의 호위하에 대기하고 있었다.

대전 입구에서 기다리고 있던 청산은 단운비와 독고연지가 나오자 그 뒤를 따랐다.

그때 창천장 전문 쪽에서 이쪽으로 오고 있던 예소약이 단운비 일행을 발견하고 깜짝 놀라서 마구 달려왔다.

"언니!"

그녀는 단운비가 창천장에 전각 하나를 내주어서 그곳에 상주할 벽검고수 삼십여 명을 이끌고 오는 길이다.

벽검고수 뒤에는 제천방 소방주인 태무상이 십여 명의 고수를 이끌고 따라오고 있었다.

그는 일전에 단운비와 자중곤에게 큰 결례를 한 것에 대해서 사과하고 또 부탁할 것이 있어서 찾아왔다가 창천장 입구에서 우연히 예소약과 마주쳤다.

예소약은 얼굴이 빨개지도록 전력으로 달려와서 궁금한 얼굴로 독고연지에게 물었다.

"어딜 가는 거예요?"

독고연지는 말없이 단운비를 바라보았다. 사실 그녀는 어딜 가는지 모르는 채 단운비를 따라나선 것이다.

아무도 대답을 하지 않자 예소약은 쭈뼛거리면서 조심스럽게 말했다.

"저도 따라가면 안 될까요?"

물론 안 된다. 단운비가 생각하는 독고연지와 예소약은 격이 다르기 때문이다.

그때 태무상이 예소약 뒤쪽에 다가와서 멈추더니 단운비에게 정중히 포권을 했다.

"태무상이 해룡신께 인사드립니다."

단운비는 가볍게 고개를 끄덕여 보이는 것으로 대답을 대신했다.

거만한 행동으로 보이지만 아무도 그렇게 생각하지 않았다. 단운비는 일부러 그런 것이 아니라 단지 태무상이 귀찮기 때문이었다.

그는 예소약과 태무상을 놔둔 채 마차에 타려고 몸을 틀다가 무엇인가를 감지하고 뚝 멈추었다.

뒤따르던 독고연지와 청산도 동시에 멈추었다. 다른 사람들은 단운비의 동작이 무엇을 의미하는지 모르지만 두 사람은 즉시 간파했다.

누군가 창천장으로 오고 있다는 사실을 단운비가 감지했다고 판단한 것이다.

두 사람은 긴장한 얼굴로 재빨리 주위를 둘러보았으나 아무것도 발견하지 못했다.

그때 마차 옆에서 말고삐를 쥐고 있던 해룡사위의 일위 단명과 이위 단강이 재빨리 양쪽 방향으로 쏘아갔다.

곧 침입자가 들이닥칠 것이라는 단운비의 전음을 듣고 창천장 내의 사람들을 대피시키러 가는 것이다.

창천장 사람들은 대부분 무공을 모르기 때문에 싸움이 벌어지면 피해를 입을 수밖에 없다.

독고연지와 청산은 공력을 끌어올려 청력을 돋우었지만 역시 아무것도 감지하지 못했다.

독고연지는 복잡한 표정으로 단운비를 바라보았다. 그녀는 아직 단운비의 능력에 대해서 모르고 있기 때문에 그가 무엇인가를 감지했다는 사실을 완전히 믿지는 못했다. 오히려 착각을 한 것이 아닌가 하고 의아해했다.

'아!'

그때 그녀는 백여 장 밖에서 발생하는 미약한 파공음을 감지하고 적이 놀라는 표정을 지었다.

그제야 그녀는 그것이 단운비가 감지한 파공음일 것이라고 판단했다.

그녀는 청산에게 단운비의 지난 삼 년여에 대해서 자세히 듣기는 했으나 그의 무공 수준이 어느 정도인지는 자세히 듣지 못했다.

그런데 그는 독고연지보다 최소한 다섯 호흡 이상 빠르게 침입자를 감지했다. 그 정도면 그녀보다 한 수 위의 고수가 분명했다.

독고연지는 다섯 살 때부터 무공을 연마했는데, 불과 삼 년 전부터, 아니, 본격적인 무공은 이 년 전에 배우기 시작한 단운비가 그녀보다 월등히 고강해졌다는 생각에 그녀는 찬탄을 금치 못했다.

독고연지는 파공음이 점점 커지고 또 많아지는 것을 감지하곤 최소한 백여 명은 될 것이라고 판단했다.

'누군가? 혹시 대천회?'

대천회가 창천해상단을 장악하려다가 실패했다는 말을 들었기에 제일 먼저 그들이 떠올랐다.

그녀가 보니까 예소약과 태무상은 아직 아무것도 모르는 것 같았다.

"적들이 이곳으로 오고 있어요. 싸울 준비를 하세요."

그녀의 말에 예소약과 태무상은 움찔 놀라서 급히 주위를 두리번거렸다.

"두 사람의 부모를 암살한 자들인 것 같아요."

예소약과 태무상은 크게 놀라더니 곧 분노와 결의의 표정으로 수하들에게 싸울 준비를 시켰다.

하지만 적이 어디에서 올지를 모르기 때문에 바짝 긴장해서 사방을 두리번거렸다.

그러다가 단운비와 독고연지, 청산이 똑같이 한쪽 방향을 주시하고 있는 것을 발견했다.

그때 그들이 주시하고 있는 방향 이십여 장 거리에서 담을 넘는 무리들이 눈에 띄었다.

홍의와 흑의경장을 입은 자들이며 백여 명이고, 하나같이 나는 듯한 경공을 전개하고 있다. 일견하기에도 강호의 일류 고수를 능가하는 수준이 분명했다.

그때 그들은 대열이 양 날개를 활짝 펼치는 것처럼 양쪽으로 벌어지면서 단운비 일행을 향해 곧장 쏘아왔다.

예소약과 태무상은 적들이 백여 명이나 되는 것을 보고 적잖이 당황했다.

이럴 줄 알았으면 수하들을 더 많이 데려올 걸 잘못했다는 후회가 들었다.

두 사람은 급히 단운비를 쳐다봤으나 그는 태산처럼 우뚝 선 채 꼼짝도 하지 않았다.

태무상은 일전에 제천방에서 단운비의 놀라운 무위를 목격했던 것을 기억해 내고는 곧 안도의 표정을 지었다.

하지만 단운비나 독고연지, 청산 등의 실력을 알지 못하는 예소약은 극도로 긴장했다.

그러면서도 지금 다가오는 자들이 부모의 원수라는 생각에 속에서는 원한이 들끓었다.

홍의, 흑의경장인들은 짧은 시간 내에 단운비 일행을 빙 둘러 포위했다.

이어서 단운비가 익히 알고 있는 당주 복장의 중년인이 앞으로 두 걸음 나서서 단운비 일행을 쓸어보며 위압적인 표정으로 말문을 열었다.

"창천해상단의 단주가 누구냐?"

첫마디부터 불손하기 짝이 없다. 마치 하인이나 수하를 대하는 듯한 태도다.

단운비는 뒷짐을 진 채 당주를 쳐다보며 담담히 대답했다.

"나다."

그의 안하무인격인 반응에 당주는 가볍게 눈살을 찌푸렸다. 하지만 그는 그런 것 때문에 화를 낼 만큼 수양이 얕지 않은 인물이다.

당주, 즉 사천존 휘하 풍전 소속 광풍당주(狂風堂主)는 단운비를 뚫어지게 쏘아보았다.

원래 사천존 휘하의 풍전이 창천해상단을 장악하는 임무를 맡고 무풍당주를 보냈었다.

이후 풍전주는 무풍당주로부터 창천해상단을 순조롭게 손에 넣었다는 내용이 적힌 전서구를 받았다.

그런데 그 이후에 소식이 뚝 끊어졌다. 명령서가 담긴 전서구를 보냈더니 다시 되돌아왔고, 무풍당주에게서는 아무런 보고도 없었다.

그래서 어떻게 된 일인지 알아오라고 이번에는 광풍당주를 보낸 것이다.

물론 무풍당주가 이미 단운비에게 제압되어 풍우문에 감금되어 있는 것과 무풍당 삼향주가 창천해상단 가짜 단주 노릇을 하다가 죽었다는 사실을 풍전주로서는 알 리가 없을 터이다.

광풍당주는 슬쩍 눈살을 찌푸리며 단운비에게 물었다.

"너는 누구냐?"

"창천해상단주다."

방금 전에 '창천해상단주가 누구냐?' 는 물음에 단운비가 자신이라고 대답했었다.

그런데 이번의 질문과 대답 역시 똑같은 것이 돼버리자 광풍당주는 발끈했다.

"이놈! 나를 놀리는 것이냐?"

"너는 놀릴 가치도 없다."

"이, 이놈!"

결국 수양 깊은 광풍당주의 인내심이 한계에 도달했다. 그는 단운비를 향해 일직선으로 쏘아가면서 어깨의 도로 오른손을 가져갔다.

일단 창천해상단주라고 자처한 단운비를 일도에 죽여놓고 나서 다음 일을 생각하려는 것이다.

그런데 바로 그 순간이다.

슈욱!

광풍당주는 단운비가 자신을 향해 오른손을 슬쩍 내밀자 그의 손바닥에서 또 하나의 반투명한 손바닥이 흡사 빛처럼 뿜어지는 것을 발견했다.

광풍당주는 도를 뽑지도 못했을 뿐만 아니라 채 세 걸음도 나아가기 전에 그 자리에서 얼어붙어 버렸다.

그는 난생처음 대하는 현상에 아예 사고가 정지해 버렸다.

그가 아는 상식으로는, 싸움이란 무기로 하는 것이지 이처럼 손바닥 형상의 빛을 뿜어내는 것이 아니기 때문이다.

어떻게 할 것인지 생각하기도 전에 반투명한 손바닥은 이미 광풍당주의 코앞까지 쇄도하고 있었다.

뻑!

"으악!"

복부와 가슴의 경계 부위에 반투명한 손바닥이 고스란히 적중되자 광풍당주는 찢어지는 비명을 지르며 뒤쪽 허공으로 빨랫줄처럼 튕겨져 날아갔다.

그는 포위하고 있는 수하들 뒤쪽 오륙 장쯤 땅바닥에 내동댕이쳐지더니 사지를 격렬하고 떨고 나서 축 늘어졌다.

즉사한 것이다. 방금까지도 말하고 분노하던 광풍당주는 한순간에 이승에서 저승으로 건너가 버렸다.

백여 명의 홍의, 흑의경장인들, 즉 광풍고수들은 지금이 어떤 상황인지도 망각한 채 모두 뒤돌아서서 죽은 광풍당주를 놀란 얼굴로 주시했다.

독고연지와 예소약은 단운비의 실력을 처음 보는 터라 그를 바라보며 크게 놀란 표정을 지었다.

독고연지는 대천회의 살비굉규에 대해서 들었으나 설마 단운비가 이처럼 고강할 줄은 예상하지 못했다.

"쳐요!"

그때 느닷없이 독고연지가 단운비 전면의 광풍고수들을 향해 곧장 쏘아가면서 어깨의 검을 뽑으며 외쳤다.

그녀는 단운비가 적의 우두머리 광풍당주를 죽인 것으로 미루어 모두 죽이는 것으로 판단했다. 그렇다면 적들이 방심하고 있는 지금이 최적의 공격 기회다.

그것을 신호로 청산이 단운비의 배후 쪽을, 예소약과 태무상이 각각 좌우를 향해 저돌적으로 덮쳐 갔다.

예소약은 삼십여 명의 벽검고수들을, 태무상은 십여 명의 제천고수들을 이끌고 공격해 가면서 추호도 망설이지 않았으며 겁먹은 표정도 아니었다.

단운비가 예상하기에 벽검고수들이나 제천고수들은 광풍고수들의 상대가 못 된다.

그럼에도 자신들과는 관계가 없는 싸움에 물불 가리지 않고 가담하는 모습이 가상했다.

독고연지와 청산, 예소약, 태무상들은 뒤돌아서 있는 광풍고수들 배후를 태풍처럼 휘몰아쳐서 단번에 이십여 명을 거꾸러뜨렸다.

한발 늦게 정신을 차린 광풍고수들은 일제히 무기를 뽑아 들고 결사적으로 싸움에 임했다.

차차차차차창!

"크아악!"

"흐아악!"

백주대낮 창천장 내에서 무기 부딪치는 소리와 비명 소리가 어지럽게 터져 나왔다.

단운비는 격전장을 한차례 재빨리 살펴보았다.

청산과 독고연지는 마치 양 떼 속으로 뛰어든 맹수처럼 한 차례.번쩍 검을 휘두를 때마다 한 명 이상의 적을 쓰러뜨리고 있었다.

단운비로서는 독고연지가 청산과 비슷한 수준이라는 사실이 뜻밖이었다. 과연 그녀는 재색 겸비에다가 무공마저 군계일학이었다.

예소약과 태무상은 각자가 광풍고수 서너 명을 한꺼번에 상대할 수 있는 실력이다.

하지만 한꺼번에 열 명 이상에게 합공을 당하는 상황이 되자 손발의 움직임이 어수선해지면서 잠깐 사이에 공세에서 수세로 바뀌었다.

더구나 벽검고수들과 제천고수들은 광풍고수들보다 두어 수 아래의 수준이라서 싸움이 벌어지고 얼마 지나지 않아 벌써 십여 명 정도가 피를 뿌리며 쓰러졌다.

휘익!

단운비는 번쩍 신형을 날려 가장 열세에 처해 있는 벽검고수와 제천고수들 쪽으로 쏘아갔다.

그러자 해룡사위의 삼위 단청과 사위 단홍이 검을 뽑으며 그를 뒤따랐다.

단운비는 격전장에 당도하기도 전에 허공중에서 번개같이 쌍장을 뻗어냈다.

슈슝!

깊은 골짜기를 지나는 칼바람 소리 같은 파공음이 흐르면서 그의 쌍장에서 예의 두 개의 반투명한 손바닥이 폭발하는 것처럼 뿜어졌다.

조금 전에 광풍당주를 즉사시킨 것과 같은 수법, 즉 적하산수를 기수공 수법으로 발출한 것이다.

퍼퍽!

막 벽검고수의 목을 자르고 심장에 도를 쑤셔 박으려던 두 명의 광풍고수가 머리와 등짝에 반투명한 손바닥, 즉 장영(掌影)이 적중되었다.

한 명은 머리가 으깨어져서 뇌수와 피가 꽃봉오리가 터지듯이 허공으로 흩어졌다.

그리고 다른 한 명은 장영이 등에 적중되는 순간 장기와 내장이 터져서 즉사했다.

하지만 장영의 힘이 워낙 강력해서 온몸을 땅바닥에 부딪치면서 짓이겨졌다.

단운비는 아직 땅에 내려서기도 전에 재차 두 번째 공격을 뿜어냈다.

투악!

이번에는 굳게 움켜쥔 두 주먹에서 역시 반투명한 주먹, 즉 권영(拳影)이 발출됐다.

단운비가 땅에 한쪽 발끝을 살짝 디딜 때 권영에 적중된 두 명이 비명도 지르지 못하고 거꾸러졌다.

단운비의 제대로 된 공격은 그때부터 시작됐다.

두 손이 육안으로는 도저히 분간하지 못할 정도로 빠르게 전후 좌우로 번뜩이는가 싶더니 장영과 권영들이 사방으로 와르르 쏟아져 나갔다.

바로 장(掌)과 권(拳), 각(脚), 나(拏) 등의 칠십여 초식이 담겨 있는 권각술의 최고봉 적하산수의 진수가 전개되고 있는 것이다.

방금까지 전전긍긍 수세에 몰려 있던 벽검고수와 제천고수들은 미처 안도의 표정을 짓지도 못했다. 단운비의 개세적인 솜씨에 온통 넋을 빼앗겼기 때문이다.

그들은 숲에서 바람에 날리는 낙엽을 본 적은 있으나, 단 한 사람의 공격에 피를 뿌리면서 사방으로 날아가는 사람 낙엽은 본 적이 없었다.

"벽검궁, 제천방 사람들은 물러나시오."

단운비가 공격을 멈추지 않으며 나직이 말하는 소리가 벽검고수와 제천고수들 귀에 벽력처럼 크게 들렸다.

그들은 그제야 퍼뜩 정신을 차리고 분분히 격전장 밖으로 달려나갔다.

대천회 수하들을 상대로 하는 싸움에서 단운비의 손속에 인정이 있을 리 없다.

대천회라면 이가 갈리는 그가 아닌가. 광풍고수들이 내장이 터지고 머리가 박살 나서 죽어가는데도 오히려 더 잔인한 방법으로 죽이지 못하는 것이 안타까울 뿐이었다.

그런데도 광풍고수들은 도망칠 생각은 추호도 하지 않고 더욱 악착같이 단운비에게 공격을 퍼부었다.

이런 상황이면 계란으로 바위를 치는 격인데도 광풍고수들은 기꺼이 계란이 되어 단운비라는 바위에 몸을 던지며 처참하게 죽어갔다.

'귀찮다.'

광풍고수들을 하루살이보다 못한 존재로 여기는 단운비는 그들을 한 명씩 죽이는 것이 답답했다.

우르르—

그가 우뚝 동작을 멈추고 두 팔을 좌우로 벌렸다가 두 손을 독수리 발톱처럼 오므리며 안으로 좁혀들자 느닷없이 우렛소리가 터져 나왔다.

후우…….

순간 그의 몸에서 짙은 금빛이 뿜어져 나오는가 싶더니 한순간 두 팔로 흡수되었다가 하나로 모은 쌍장을 통해서 폭사되었다.

쫘르르릉!

천번지복의 굉음이 터지는 것과 동시에 그의 쌍장에서 실로 눈부신 금광이 부챗살처럼 뿜어 나갔다.

갑자기 터져 나온 우렛소리 때문에 독고연지는 공격을 멈추고 힐끗 단운비 쪽을 쳐다보다가 크게 놀라 눈을 커다랗게 떴다.

'소양신장!'

그녀는 지금 단운비의 쌍장에서 부챗살처럼 뿜어져 나오고 있는 금광이 삼백여 년 전에 홀연히 사라진 신비 문파인 소양문의 절세신공이라는 사실을 알고 있었다.

그런데 더욱 놀라운, 아니, 가공한 광경이 바로 그때 독고연지가 바라보고 있는 가운데 벌어졌다.

콰콰아아—!

단운비가 뿜어낸 부챗살 같은 금광이 광풍고수를 무려 십여 명이나 휩쓸자 그들은 거센 바람 앞의 낙엽처럼 한꺼번에 허공으로 날려 올라갔다.

하지만 그게 다가 아니었다. 중심을 잃고 쏜살같이 허공으로 날려 올라간 광풍고수들은 갑자기 몸이 갈가리 찢어지면서 순식간에 흩어져 버리는 것이 아닌가.

'아아……'

독고연지는 찢어발겨진 광풍고수들의 육편 수백 조각과 피가 소나기처럼 쏟아지는 광경을 바라보면서 아연실색하고 말았다.

'저 정도면 단 상공의 소양신공은 극성에 도달했어. 도대체 단 상공의 내공 수위가 어느 정도이기에……'

쫘쫘르릉!

독고연지가 넋을 잃고 있는 사이에 단운비의 두 번째 소양신장이 뿜어졌다.

이후 그는 세 차례나 더 소양신장을 전개해서 남아 있는 광풍고수들을 한 명도 남기지 않고 모조리 죽여 버렸다. 물론 갈가리 찢어서.

창천장 넓은 마당에 무덤 속 같은 정적이 감돌았다.

땅바닥 여기저기에는 수많은 시체들이 여러 자세로 널브러져 있다.

하지만 사람의 모습을 제대로 갖춘 시체는 사십여 구에 불과했다. 더구나 그중에서 십여 구는 벽검고수와 제천고수들이었다.

나머지는 사람이 아니라 그저 육편일 뿐이다. 수많은 크고 작은 고깃덩이들이 피에 적신 채 흩어져 있었다.

독고연지와 예소약, 태무상, 벽검고수와 제천고수들은 단운비가 보여준 개세적인 실력 때문에 너무도 놀란 나머지 역한 피비린내와 내장의 냄새가 진동하고 있는 것조차도 느끼지 못했다.

처음으로 실전을 벌여본 해룡사위의 단청과 단홍은 너무 놀라서 그 자리에 얼어붙은 듯 오도카니 서서 눈만 깜빡이고 있었다.

이윽고 모두의 시선이 시체들과 육편 속에 피 한 방울 묻히지 않고 우뚝 서 있는 단운비에게 집중됐다.

단운비의 무표정한 얼굴에는 한 가닥 어떤 기색이 흐릿하게 떠올라 있었다.

그것은 조금 개운해진 듯한 기색이었다.

第四十五章

독천으로

풍림화산

한 시진 전에 창천해상단에서 대천회 광풍고수 백여 명을
죽인 단운비 일행은 풍우문에 모여 있었다.

　단운비는 예소약과 태무상이 물불 가리지 않고 광풍고수들
과 싸우는 것을 보고는 그들을 남이라 여기지 않고 풍우문에
데리고 온 것이다.

　실내에는 단운비와 독고연지, 예소약, 태무상이 탁자에 둘
러앉아 있었으며, 자미령까지 가세했다.

　요즘 자미령은 자신의 거처가 있는 창천장에 있지 않고 거
의 하루 종일 풍우문에서 머물렀다. 단운비가 풍우문에 있다
는 이유 때문이다.

　그런데 지금은 단운비가 낯선 사람들, 그것도 아름다운 여

자를 둘이나 데리고 왔으니, 호기심으로 똘똘 뭉친 그녀가 단운비 곁에서 떨어질 리 만무한 일이었다.

그녀는 남들이 있든 없든, 보든 말든 평소에 하던 대로 단운비에게 찰싹 붙어서 앉아 있었다.

그러나 독고연지가 대천회에 대해서 설명을 시작하자 놀라서 눈을 휘둥그렇게 뜨며 자신도 모르게 단운비에게서 떨어졌다. 물론 독고연지가 하는 설명은 모두 청산에게서 들은 내용이었다.

아니, 자미령은 너무 놀라 단운비에게서 떨어졌을 뿐만 아니라 자신도 모르게 의자에서 벌떡 일어섰다.

그리고 예소약과 태무상 역시 대경실색한 표정으로 동시에 일어섰다.

그러나 독고연지는 개의치 않고 계속 설명했으며, 일어선 세 사람은 한동안 서 있다가 하나둘씩 자리에 앉았다.

그렇지만 얼굴에서는 놀라움이 가시지 않고 있었다. 대천회에 대해서 들으면 들을수록 놀라움의 연속이었기 때문이다.

독고연지가 설명을 하는 동안 단운비는 호젓하게 차를 마시면서 창밖을 응시하며 생각에 잠겨 있었다. 장차 어떻게 할 것인지를 생각하는 것이다.

독고연지가 설명을 하는 이유는 예소약과 태무상도 대천회에 대해서 알아야 할 것 같아서였다.

그리고 다른 또 하나의 이유가 있었지만, 아직까지는 그녀만 알고 있다.

이윽고 독고연지의 설명이 끝나자 예소약과 태무상은 분을
이기지 못하고 눈물을 흘리며 이를 갈았다.

"이제 보니 대천회가 부모의 원수였군요!"

"으으… 내 기필코 대천회를 멸망시키고야 말겠다!"

두 사람은 비분강개하며 서로의 얼굴을 쳐다보더니 무언의
뜻을 주고받고는 고개를 끄덕였다.

이어서 두 사람은 단운비에게 포권지례하고 깊숙이 허리를
굽히면서 외치듯이 말했다.

"이제부터 해룡신을 무조건 돕겠으니 대천회를 쓰러뜨릴
때까지 우리를 수하처럼 대해주십시오!"

그들은 자신들로서는 도저히 대천회의 적수가 될 수 없다고
판단한 것이다.

또한 단운비가 대천회에 대해서 잘 알고 있으며 놀라운 무
위를 지녔기 때문에 그를 지휘자로 여기는 것이다.

생각에 잠겨 있던 단운비는 두 사람의 뜻하지 않은 말에 가
볍게 어이없다는 표정을 지으면서 독고연지를 쳐다보았다.

그는 비로소 그녀가 대천회에 대해서 설명한 또 다른 이유
를 깨달은 것이다.

그의 시선을 슬쩍 피하며 독고연지는 보일 듯 말 듯 입가에
미소를 머금었다.

사실 그녀는 현재 단운비에게는 마땅한 세력이 없기 때문에
대천회를 상대하는 데 있어서 불편함이 많을 것이라고 예상하
여 예소약과 태무상을 측근으로 삼으려 했던 것이다.

그렇게 되면 단운비가 휘하에 절강성 최대 방, 문파인 벽검궁과 제천방을 거느릴 수 있게 되어 여러모로 득이 될 것이라고 계산했다. 과연 독고연지의 총명함은 혀를 내두를 정도였다.

독고연지는 단운비의 시선을 피한 채 찻잔을 들며 은근히 그를 종용했다.

"두 사람이 단 상공의 대답을 기다리고 있군요."

단운비는 독고연지의 뜻을 모르는 바가 아니다. 현재의 그로서도 전혀 세력이 없기 때문에 벽검궁과 제천방의 힘을 빌릴 수 있으면 더할 나위 없이 좋은 일이다.

예소약과 태무상 또한 단운비와 합세하여 대천회를 무너뜨리는 데 일조할 수 있다면 서로 상부상조가 아니겠는가.

단운비는 담담한 표정으로 예소약과 태무상에게 말했다.

"서로 돕도록 합시다."

그는 포권지례를 하지는 않았다. 무림에 연관된 것은 무엇이든 싫어하기 때문이다.

그때 자미령이 매우 불안한 표정으로 단운비에게 물었다.

"그런데 한 가지 궁금한 것이 있어요. 오빠는 무엇 때문에 대천회와 싸우려는 건가요?"

단운비가 잘못되는 것을 극도로 염려하고 있는 그녀로선 당연히 궁금한 일이었다.

"대천회가 본단을 장악하려고 했던 일은 무산됐고, 아버지도 무사히 돌아오셨잖아요. 그런데도 오빠는 그들을 용서할 수 없어서 대천회와 싸우려는 것인가요?"

물론 그런 것은 아니다. 단운비는 오로지 한소진 때문에 대천회를 적으로 여기고 있는 것이다.

지금 당장에라도 한소진만 되돌려 받을 수 있다면 대천회따윈 알 바가 아니다. 무림이 어떻게 되든 그 역시 관심 밖의 일이다.

사실 자미령이 물은 것은 독고연지로서도 상당히 궁금하게 여기고 있던 내용이었다.

그녀가 보기에 단운비는 무림을 병적으로 경멸하고 있는데, 어째서 무림을 장악하려는 대천회를 적대시하는 것인지 모를 일이었다.

청산은 대천회가 단운비를 납치해서 지옥 같은 경험을 시켰다는 사실과 무림을 제패하려는 음모를 꾸미고 있다는 사실만 독고연지에게 말했지 한소진에 대해서는 입도 벙긋하지 않았었다.

명목상이라고는 해도 단운비의 정혼녀인 그녀에게 한소진에 대한 언급은 백해무익하다고 판단했기 때문이다.

그렇기 때문에 독고연지는 단지 복수심 때문에 단운비가 대천회와 싸우려는 것이 아닌가 하고 생각하고 있다. 하지만 또다른 이유가 있을지도 모르는 일이었다.

좌중의 모든 사람이 몹시 궁금하단 표정으로 단운비를 주시하면서 대답을 기다리고 있었다.

하지만 단운비의 한마디가 모두를 기운 빠지게 만들었다.

"알 것 없소."

모두의 얼굴에 실망하는 표정이 떠올랐다.

자미령은 입술을 삐죽거렸으나 칼로 자르는 듯한 단운비의 성격을 잘 알기 때문에 더 이상 묻지는 않았다.

"그런데 당신은 누구죠?"

그러자 그녀는 갑자기 화살을 독고연지에게 돌렸다. 사실 독고연지가 대천회에 대해서 설명을 할 때부터 그녀가 누군지 몹시 궁금했었다.

자미령은 이날까지 자신이 매우 아름답다고 자신하면서 뭇 사내들의 시선을 한 몸에 받으며 살아왔었다.

그런 그녀가 봤을 때 자신은 독고연지에 비해서 월광과 반딧불이 같은 차이가 날 정도다.

아니, 비교한다는 자체가 어불성설일 만큼 독고연지는 절대적으로 아름다웠다.

그런데 이상한 점이 있었다. 독고연지가 단운비를 바라보는 눈빛이나 표정, 행동이 심상치 않은 것이다.

여자의 마음은 여자가 잘 아는 법이다. 특히 자신이 좋아하는 남자에게 다른 여자가 관심을 보일 때에는 귀신처럼 감지할 수 있다.

그래서 자미령은 독고연지를 경계하면서 그녀가 누군지 궁금하게 여기는 것이다.

그때 예소약이 독고연지를 가리키면서 대신 대답했다.

"이분 언니는 강소성 독고장의 독고연이라고 해요."

"그렇지 않아요. 예 낭자는 잘못 알고 있어요."

그러자 독고연지가 차분한 표정으로 바로잡아 주었다.

"나는 금검보의 독고연지라고 해요."

그러자 물어본 자미령이나 듣고 있던 예소약, 태무상은 어리둥절한 표정을 지었다.

독고연지의 말을 자신들이 잘못 알아들었을 것이라고 생각했기 때문이다.

옆에 앉은 예소약이 미소 지으며 다시 한 번 말해줄 것을 부탁했다.

"잘못 들은 것 같아요. 다시 한 번 말해주겠어요?"

"나는 금검보의 독고연지예요."

"……!"

이번에는 절대로 잘못 듣지 않았다. 예소약은 물론 자미령과 태무상마저도 할 말을 잃고 얼굴 가득 대경실색한 표정을 떠올렸다.

당금 무림에는 두 개의 절대문파가 있다. 북문남보가 바로 그것이다.

장강을 중심으로 강북무림에는 북문 신룡문이, 강남무림에는 금검보가 절대자로 군림하면서 지배해 온 것이 벌써 오십 년이 넘었다.

그렇게 봤을 때 이곳 항주성은 강남무림에 속하고, 금검보의 지배하에 있다.

즉, 예소약과 태무상은 지금 절대자의 금지옥엽을 쳐다보고 있는 것이었다.

실내에는 고요한 적막이 흘렀다. 자미령과 예소약, 태무상은 경악지색으로 독고연지를 쳐다볼 뿐 어떻게 해야 할지 모르는 표정이었다.

끼이……

바로 그때 정적을 깨면서 방문이 반쯤 열리며 누군가의 커다란 머리가 삐죽 들어왔다.

그는 다름 아닌 풍우문의 전신인 혈랑파의 두령 노릇을 했었던 귀매였다.

두억시니 같은 체구의 그가 수염투성이 험상궂은 얼굴을 반쯤 디밀고 눈알을 굴리면서 방 안을 살피는 모습은 매우 우스꽝스러웠다.

"무슨 일이냐?"

단운비의 물음에 귀매는 얼른 안으로 들어와 생긴 것 하고는 달리 몹시 공손하게 보고했다.

"문주, 전서구가 도착했습니다."

대천회의 동태를 살피러 간 풍우문 수하들이 하루에도 몇 차례씩이나 전서구를 보내오기 때문에 귀매가 새삼스럽게 전서구가 도착했다고 여기까지 찾아왔을 리가 없다. 필경 중요한 내용일 것이다.

"보자."

단운비가 손을 내밀자 귀매는 재빨리 달려와서 그의 손에 서찰 한 장을 공손히 두 손으로 바쳤다.

서찰을 읽는 단운비의 얼굴에 어떤 긴장감이 스쳤다.

와작!

서찰을 움켜쥔 그는 벌떡 일어나서 급히 문으로 향했다.

그러자 다른 사람들도 우르르 일어나 그를 따랐다.

단운비는 걸음을 멈추고 독고연지에게 지시하듯 말했다.

"그대는 남아서 할 일이 있지 않소?"

대천회가 무림을 제패하려는 사실을 북문남보에 알리는 일을 독고연지가 하겠다고 나선 일을 가리키는 것이다.

"소녀가 직접 하지 않아도 될 일이에요."

단운비는 그녀의 말을 '자신에게는 수하가 있으니 그에게 지시해서 금검보와 신룡문에 통보하면 된다'라는 뜻으로 알아들었다.

대천회에 대한 일을 북문남보에 알리는데 구태여 독고연지가 직접 갈 필요는 없다.

또한 독고연지 정도의 뛰어난 무공 실력을 지니고 또 총명한 사람이 단운비와 동행을 하면 여러모로 도움이 될 터이다.

독고연지는 예소약과 태무상에게 준비해 두기라도 한 것처럼 막힘없이 지시했다.

"대천회가 또다시 창천해상단에 고수들을 보낼지도 모르니까 두 사람은 이곳에 남아서 무슨 일이 있어도 격퇴시키도록 하세요."

독고연지는 대천회가 창천해상단의 일로 다시 고수들을 보낸다고 해도 대규모는 아닐 것이라고 예상했다.

그러므로 벽검궁과 제천방이라면 충분히 감당할 수 있을 것이라는 계산을 했다.

벽검궁과 제천방이 보유하고 있는 고수들을 다 합치면 천이삼백여 명에 이른다.

그리고 그 두 방파는 절강성의 패자이므로 다른 방, 문파들을 선도, 규합할 능력이 있었다.

독고연지는 예소약과 태무상에게 주지시켰다.

"항주성을 중심으로 절강성 전역의 방, 문파에게 대천회의 발호를 알려서 모두의 힘을 합치도록 하세요. 최소한 절강성만큼은 지켜야 해요."

예소약과 태무상은 긴장된 표정을 지었다. 대천회로부터 절강성을 보호할 책임이 자신들의 어깨에 얹혀 있다는 사실 때문이었다.

"소녀도… 따라가면 안 되나요?"

자미령이 간절한 표정으로 단운비를 바라보았다.

그러나 단운비는 가타부타 말없이 급히 몸을 돌려 방을 나가 버렸다.

자미령은 대전 입구까지 따라 나갔으나 단운비는 한 번도 뒤돌아보지 않은 채 독고연지와 청산, 해룡사위를 데리고 떠나 버렸다.

자미령은 평소처럼 떼를 쓰면서 단운비에게 매달리지 못했다. 지금 일어나고 있는 일이 너무도 엄중하다는 사실을 충분히 인지하고 있었기 때문이다.

풍우문의 뒤쪽 후원에 독고연지가 혼자 서 있다.

그녀는 손에 두 통의 서찰을 쥔 채 비스듬히 허공을 응시하면서 나직이 입을 열었다.

"생사령."

스으.

그러자 허공에서 두 개의 인영이 흐릿한 모습으로 쏜살같이 하강하더니 독고연지 전면에 추호의 기척도 내지 않으며 내려섰다.

이어서 그들은 그녀 앞에 한쪽 무릎을 꿇고 고개를 깊이 숙이는 예를 취했다.

"생사령이 소보주를 뵈옵니다."

이 두 사람은 삼 년여 전에 독고연지가 무창의 금검보를 떠날 때 부친이 그녀를 암중에서 호위하라고 특별히 딸려 보낸 고수들이다.

이후 이들은 삼 년여 동안 독고연지를 호위하면서 성심을 다해서 그녀를 도왔었다.

생사령은 금검보의 최고수로서 각자의 실력이 독고연지보다 두어 수 높은 수준이었다.

독고연지는 생사령에게 두 통의 서찰을 건네주었다.

"생령(生令)은 신룡문에, 사령(死令)은 금검보에 전하라. 최대한 빨리 전해야 한다."

"존명."

백삼을 입은 생령과 칠흑 같은 흑삼을 입은 사령이 공손히 각자의 서찰을 받았다.

독고연지는 서찰에 대천회에 대해서 자세히 기록했다. 신룡문과 금검보가 서찰을 받아보면 즉각적으로 조치를 취할 것이다.

우두두두—!

네 필의 건마가 끄는 사두마차가 지축을 울리면서 죽 뻗은 관도를 질주하고 있었다.

단운비는 평소에 타던 마차를 놔두고 대신 눈에 잘 띄지 않는 평범한 마차를 타고 나왔다.

앞의 어자석에는 해룡사위의 이위 단강과 사위 단홍이 나란히 앉아서 마차를 몰고 있었다.

그리고 일위 단명과 삼위 단청은 마차 양쪽에서 말을 타고 가면서 좌우를 호위하고 있었다.

청산은 칠흑처럼 검은 흑마를 타고 마차에서 오 장쯤 앞쪽을 달려가면서 전방을 살피고 있었다.

단운비가 귀매에게 받은 전서구의 서찰을 읽은 즉시 항주성을 출발한 지 한 시진이 지났다.

마차 안은 밖에서 보기보다 훨씬 넓었으며 바닥에는 커다랗고 푹신한 호피가 깔려 있었다.

독고연지는 마차의 앞쪽을 등지고 푹신한 호피 의자에 앉아 있고, 단운비는 그녀와 마주 보는 자세로 역시 호피 의자에 앉아 있는데, 출발한 이후 두 사람 사이에는 아무런 말도 오가지 않았다.

그래서 독고연지는 지금 어디로 가고 있는지, 무슨 일인지도 모르고 있었다.

하지만 그녀는 단운비에게 한마디도 묻지 않고 있었다. 그가 말해줄 때까지 기다리는 것이다.

그런 차분하고 참을성있는 점이 바로 그녀의 성격의 한 단면이었다.

더구나 그녀는 단운비를 마음속으로부터 정혼자로서 남다르게 여기기 때문에 여필종부의 각오가 대단했다.

그녀는 마차 안을 둘러보다가 자신의 옆쪽 화려한 은으로 만든 상자가 있는 것을 발견했다.

상자는 제법 컸으며 여러 개의 고급스러운 작은 상자들이 빼곡하게 들어 있었고, 손아귀 두 개 굵기의 대나무가 다섯 개쯤 담겨 있었다.

독고연지가 대나무 하나를 집어 뚜껑을 열자 향기로운 다향이 흘러나와 마차 안에 퍼졌다.

대나무는 죽통(竹桶)인데 뜨거운 차나 죽 같은 것이 장시간 동안 식지 않도록 보관하는 용도로 쓰인다.

그녀는 상자 안에서 뚜껑이 있는 붉은색의 옥 찻잔을 꺼내 죽통의 차를 따라서 조심스럽게 단운비에게 내밀었다.

단운비는 담담한 표정으로 그녀를 쳐다보더니 찻잔을 받고는 왼손에 쥐고 있던 것을 그녀에게 내밀었다. 그것은 그가 풍우문에서 읽었던 서찰을 구긴 것이다.

후루룩.

단운비가 차를 마시는 동안 독고연지는 그가 내민 서찰을 펼쳐서 읽어보았다.

—태산(泰山) 서쪽 동명현(東明縣) 근처 황하에서 독천 발견. 상류로 항진 중. 또한 강소성 대천회에서 천여 명의 정예 고수들이 서쪽으로 출발했음.

서찰을 읽고 난 독고연지는 크게 놀라는 얼굴로 단운비를 바라보았다.

일단 대천회에서 천여 명이나 되는 정예 고수들이 서쪽으로 출발했다는 내용이 놀라운 사실이었다.

그래서 그녀는 대천회가 무림을 제패하려는 소위 '무림대계'를 드디어 개시한 것인가 하는 생각이 들었다.

하지만 그들이 독천과 합류하려는 것인지, 독천을 상대하려는 것인지 모를 일이었다.

"내 목표는 독천이오."

그때 단운비가 조용한 어조로 입을 열었다.

그는 독고연지에게 독천에 얽힌 이야기를 해줘야겠다고 마음먹었다.

그래서 자신에게는 이미 영혼까지 바쳐서 사랑하는 여자가 있다는 것을 알려서 독고연지가 다른 생각을 하지 못하도록 쐐기를 박으려는 의도였다.

청산이 그녀에게 독천에 대해서 설명했다는 사실을 그는 모르고 있었다.

사실 단운비는 필요 이상의 말을 하는 것을 그다지 좋아하지 않는 성격이다.

하지만 좋든 싫든 간에 독고연지와 행동을 함께하게 되었으니, 차제에 자신과 한소진과의 관계를 밝혀서 이후 껄끄러운 일이 생기지 않도록 반드시 짚고 넘어가야겠다고 판단한 것이다.

"독천이라는 것은……."

그 얘기를 꺼내면 가슴이 너무 아파서 하기 싫지만, 단운비는 자신과 한소진, 그리고 독천에 얽힌 내용을 조용한 어조로 설명했다.

삼 년여 전 금검보를 떠날 때부터 독고연지의 최대의 관심사는 단운비였다.

그리고 지금은 그것이 훨씬 증폭되어 단운비에 대한 것이 그녀의 인생 전부가 되어버린 상태다.

왜냐하면 삼 년여 동안 그의 흔적을 추적하는 과정에 그를 자신의 정혼자로 받아들였기 때문이다.

단운비는 자신이 독천에 대해서, 아니, 한소진에 대해서 이야기를 하면 독고연지가 당연히 큰 충격을 받을 것이라고 예상했었다.

그런데 그의 예상은 절반만 맞았다. 설명을 듣는 독고연지의 표정을 보면 충격을 받은 것이 분명했다.

그런데 그녀는 얘기를 듣는 내내 때론 슬프게 그리고 때로는 크게 상심해서 소리없이 눈물을 흘렸다.

단운비의 얘기가 끝났는데도 그녀는 쉬이 울음을 그치지 못하고 세운 무릎에 얼굴을 묻고는 한참이나 어깨를 들먹이며 낮게 흐느꼈다.

그 모습을 보면서 오히려 단운비는 가볍지 않은 충격을 받았다. 하지만 그것은 신선한 충격이었다.

그가 보기에 독고연지의 눈물은, 아니, 슬픔은 필경 거짓이 아니었다.

그녀를 안 지 오래되지는 않았으나 그런 짓을 하지 못할 것이라는 생각이 들었다.

독고연지는 청산에게 단운비와 한소진에 대해서 들었으나 그리 구체적이지는 않았다.

청산은 원래 눌변(訥辯)이라서 단운비와 한소진에 얽힌 애틋한 이야기를 채 일 할도 제대로 전달하지 못했다.

그런데도 독고연지는 청산의 설명을 듣고 미루어 짐작하여 애가 끊어지도록 울었다.

하지만 막상 단운비 본인에게서 직접 당시의 이야기를 생생하게 듣게 되자 슬픔이 백배는 더 커졌다.

마차 안에는 독고연지의 나직이 흐느끼는 소리와 마차가 달리는 소리만 들릴 뿐 조용했다.

단운비는 그녀의 우는 모습을 보면서 왠지 마음이 따스해졌다. 그녀의 눈물이 진실한 위로로 느껴졌기 때문이다.

그러면서도 한 번 시험해 보고 싶은 마음이 생겼다. 그녀의 눈물이 진실이 아니라면 울지 않는 것보다 더 치욕적일 것이기 때문이다.

"지금 어떤 생각이 드오?"

독고연지는 눈물을 그치려고 애쓰더니 차가운 표정으로 입술을 깨물며 말했다.

"우리 기필코 한소진 그녀를 찾아오도록 해요."

단운비는 한소진이 독천에 있을 것이라고 확신했다.

그리고 독천의 우두머리인 삼천존이 대천회를 배신했을 가능성이 크다고 짐작했다.

그래야지만 여태까지 독천이 단독으로 행동을 하는 것이나, 대천회가 독천을 찾으려고 혈안이 되어 있는 상황이 설명된다.

단운비는 무슨 수를 써서라도 독천에서 한소진을 구해내기만 하면 대천회의 일에서 손을 뺄 생각이었다.

원래도 무림의 안위 같은 것에는 관심이 없었지만, 대천회를 상대하기 위해서 북문남보가 나서게 되면 그것으로 충분하다는 생각이었다.

우두두두—

마차는 서쪽으로 뻗은 관도를 달리고 있는데 속도가 많이 느려진 상태다.

항주성을 출발한 지 오늘로써 닷새째다. 그동안 하루에 한 차례씩 말을 네 번 바꿨다.

말들이 하루 종일 쉬지 않고 달려서 녹초가 됐기 때문에 바꾸지 않으면 달릴 수가 없는 상태였다.

현재 단운비 일행은 하남성 개봉성을 이십여 리 남겨놓은 지점까지 도달해 있었다.

독천이 처음에 발견된 하북성 동명현에서 개봉성까지의 거리는 이백여 리 정도다.

독천처럼 거대한 거선이 황하를 거슬러 오르는 것이라면 아무리 빨라봐야 닷새 동안 이백 리에서 이백오십 리 정도 가는 것이 한계일 것이다.

그러므로 독천의 현재 위치는 개봉성에서 정주(鄭州) 사이가 될 것이다. 개봉성과 정주는 오십여 리의 거리다.

"그런데 독천을 어떻게 찾죠?"

독고연지는 출발할 때부터 궁금하게 생각하던 것을 비로소 물었다.

"보면 아오."

단운비는 대수롭지 않은 듯이 대답했다. 하지만 그 말 외에는 해줄 말이 없었다.

말 그대로 독천은 워낙 특별한 모양이라서 보기만 하면 그 배가 독천이라는 사실을 저절로 알게 될 터이다.

세 시진 전에 청산이 독천을 찾으려고 앞서 달려갔다. 말을 달려서 정주까지 두 시진이면 갈 수 있으니까 앞으로 한 시진

안이면 얼추 돌아올 때가 되었다.

"저… 단 상공께선 검법을 익혔나요?"

그때 독고연지가 단운비의 오른쪽 어깨에 매어 있는 검을 보면서 조심스럽게 입을 열었다.

단운비는 창을 살짝 열고 밖을 내다보면서 묵묵히 고개를 끄덕였다.

만약 그가 깊은 생각에 잠겨 있었다면 독고연지가 이런 질문을 하지도 않았을 것이다.

독고연지는 조금 더 용기를 냈다.

"소녀가 검법 한 가지를 가르쳐 드릴까요?"

뜬금없는 그녀의 제의에 단운비는 무표정한 얼굴로 그녀를 쳐다보았다.

그 말은 듣기에 따라서는 건방질 수도 있었다. 하지만 독고연지는 당황하지 않고 오히려 방그레 미소를 지었다.

"지금은 한료하니까 그저 이런 검법도 있구나, 하는 기분으로 듣는 것도 나쁘지 않을 거예요."

단운비는 잠시 그녀를 쳐다보다가 시선을 거두어 창을 닫고는 팔짱을 끼고 뒤로 기대며 눈을 감았다.

그 모습을 보면서 독고연지는 살짝 미소를 짓더니 이윽고 검법의 구결을 강독(講讀)하기 시작했다.

第四十六章
천마신(天魔神)

풍림화산

반 시진쯤 지났을 때 단운비는 눈을 뜨고 팔짱을 풀면서 자세를 똑바로 했다.

　앞쪽에서 빠르게 달려오고 있는 말발굽 소리를 들었기 때문이다. 아마도 그것은 청산이 돌아오는 소리일 게다.

　두두둑!

　말을 돌리는 소리가 나면서 단운비 쪽 마차 옆에서 마차 속도에 맞추어 달리는 소리가 이어졌다.

　"청산입니다. 독천을 찾지 못했습니다."

　청산의 나직한 목소리가 단운비 바로 옆에서 들려왔다.

　청산 정도의 인물이 독천을 찾지 못했다면 황하상에 독천은 없는 것이 분명하다.

청산의 보고가 이어졌다.

"대신 곳곳에서 강을 샅샅이 수색하고 있는 무리들을 발견했습니다."

그는 그 무리가 대천회라고 추측하지만 더 이상의 보고는 하지 않았다.

자신의 눈으로 직접 보고 들은 사실만을 보고하는 것이다. 또한 주군이 하문(下問)했을 경우에만 자신의 추측을 말할 수 있었다.

이후 청산의 목소리는 들리지 않았다. 보고가 끝난 것이다.

단운비는 생각에 잠겼다. 처음부터 이 부분에 대해서는 생각하고 있었다.

독천처럼 눈에 띄는 배가 과연 백주대낮에 버젓이 황하를 달릴 수 있을까 하는 것이다.

또한 전서구로 보고했던 풍우문의 수하가 동명현에서 독천을 발견한 시각은 한밤중이었다.

그렇다면 한 가지는 확인된 셈이다. 독천은 밤에만 운항한다는 사실이다.

지금쯤은 강변 으슥한 곳 깊이 숨어 있는 것이 분명하다. 이곳 황하 중류의 폭은 자그마치 천 장에 달하는 곳이 있을 정도로 거대하다.

또한 정주에서 개봉성 사이의 황하에만도 양쪽으로 열다섯 개의 지류(支流)가 흘러들고 있었다.

그뿐이 아니라 황하 양쪽 강변은 구불구불하면서 수백 개의 크고 작은 습지와 호수, 섬들이 난립해 있으며 그것들이 자연적으로 수많은 만(灣)을 형성하고 있었다.

그렇기 때문에 독천처럼 거대한 배도 작정만 한다면 숨을 곳이 지천으로 널려 있는 것이다.

현재로서는 황하 주변에 꼭꼭 숨어 있는 독천을 찾아내는 일은 백사장에서 바늘 하나를 찾아내는 것이나 다름이 없는 상황이었다.

하지만 밤이 되어 독천이 움직이기를 기다리는 것은 무리가 따른다.

그렇게 되면 대천회가 먼저 독천을 찾아낼 가능성이 크기 때문이다.

마차 안의 단운비와 독고연지는 깊은 생각에 잠겼다.

"독천의 목적이 무엇일까요?"

그런데 잠시 후 독고연지가 먼저 불쑥 입을 열었다.

단운비가 쳐다보자 그녀는 생각에 잠긴 얼굴로 흰 손가락 하나를 세우며 말을 이었다.

"현재 상황으로 봐서는 절강성과 강소성, 산동성 등지에서 벌어졌던 일련의 암살 사건은 독천의 소행인 것 같아요."

독천이 살비굉규의 사무살과 삼십육비를 길러내는 곳이었기 때문에 가능한 추측이다. 또한 단운비도 그렇게 생각하고 있었다.

"살비굉규는 대천회가 계획했었는데 현재는 독천이 독단으로 결행하고 있어요. 이유가 뭘까요?"

그것 역시 단운비도 생각했던 부분이다. 그리고 나름대로 두어 가지 추측을 이끌어냈다.

독고연지는 단운비의 대답을 기다리지 않고 계속 말을 이어나갔다.

"독천의 우두머리인 삼천존이 대천회를 배신했다면 어째서 살비굉규의 마지막 삼단계를 결행하는 것일까요? 삼천존이 바보가 아닌 이상 그렇게 하면 결과적으로 대천회에게 득이 돌아간다는 사실을 알 텐데 말이죠."

살비굉규의 삼단계는 사무살과 삼십육비를 동원해서 삼천 혈세록에 적혀 있는 무림 각지의 삼천 명의 무림고수들을 암살하는 일이었다.

하지만 그렇게 하면 결과적으로는 대천회만 좋은 일이 되고 만다.

독천이 아무리 강하다고 해봐야 대천회에서 떨어져 나온 한 조각일 뿐이니까 말이다.

"설마 삼천존의 목적이 무림제패가 아닐까요?"

독고연지가 조심스럽게 의견을 밝혔다.

하지만 단운비는 거기까지는 생각하지 않았었다. 생각을 못해서가 아니라 생각 자체를 하지 않았다.

그는 오직 한소진을 구하는 것만이 목적이기 때문에 다른 것은 생각할 필요가 없었던 것이다.

관심이 없는 것은 지금이라고 다르지 않다. 그는 더 듣고 싶지 않다는 듯 독고연지를 외면하면서 몸을 뒤로 기대며 눈을 감았다.

하지만 독고연지는 그만두지 않았다.

"말에 탄 사람을 찾으려면 말의 목적지 정도는 알고 있어야 하지 않을까요?"

단운비는 스르르 다시 눈을 떴다.

독고연지의 말이 옳다. 그녀의 비유인즉, 말은 독천이고 말에 탄 사람은 한소진이다.

단운비의 목적은 한소진을 찾는 것이지만, 그러기 위해서는 독천의 목적을 알아야만 한다. 그렇지 않고는 매번 한소진을 찾으려고 갈팡질팡할 뿐이다.

독천의 목적을 알아내면 미리 앞질러 가서 기다리고 있을 수도 있다.

"그렇기 때문에 우린 독천의 목적과 대천회와의 관계 등을 자세히 알아내야만 해요."

독고연지의 말에 단운비는 한동안 물끄러미 그녀를 응시하다가 조용히 물었다.

"그대의 목적은 무엇이오?"

정곡을 찌른 듯한 질문인데도 독고연지는 표정이 변하지 않았다. 그녀는 눈을 내리깔며 조용히 대답했다.

"단 상공의 목적과 같아요."

그녀의 목적이 한소진을 구하는 것이라는 뜻이다.

"왜 그렇소?"

잔인하면서도 날카로운 질문이다. 하지만 단운비는 독고연지에게 일말의 감정도 갖고 있지 않으므로 아무렇지도 않게 물을 수 있었다.

독고연지는 조금 씁쓸한 표정을 지었으나 곧 사라졌다. 그녀는 조용하지만 또렷한 목소리로 대답했다.

"단 상공이 소녀의 정혼자이기 때문이에요."

다른 여러 이유를 댈 수 있으나 그녀는 근본적인 이유 하나만을 말했다.

단운비는 정나미 떨어지도록 냉정한 얼굴로 내뱉었다.

"나는 그대를 타인으로 여기고 있소. 그대가 나를 돕는다고 해도 얻을 것은 없소."

그가 낙양성에서 천하의 파락호인 천화공자라는 불명예스러운 별호를 얻고, 또 지금의 이런 상황이 된 원인이 신룡문과 금검보의 정략적인 혼인 때문이었다.

그래서 그는 독고연지를 이 모든 시련과 불행의 근원이라고 여기는 것이다.

굳건한 독고연지지만 단운비의 그 말에는 아무 말도 하지 못하고 고개를 숙였다. 그녀는 방금 정혼자로부터 버림을 받은 것이다.

하지만 그녀를 응시하는 단운비는 추호도 동정심을 느끼지 않았다. 오히려 자신의 마음을 말해 버려서 홀가분한 기분마저 들었다.

그때 독고연지가 천천히 고개를 들고 단운비를 바라보았다. 조금 전의 낙담한 모습이 아니라 평소와 다름이 없는 맑은 눈빛이다.

"독천의 목적은 무림제패인 것 같아요."

단운비는 그녀를 보며 가볍게 얼굴빛이 변했다. 그녀의 표정에선 조금 전에 무참하게 짓밟힌 모습은 어디에서도 찾아볼 수가 없었다.

"이른바 청출어람(靑出於藍)이죠. 독천은 자신들이 대천회를 능가할 수 있다고 믿는 것 같아요."

단운비는 조금 복잡한 표정으로 그녀를 쳐다보았다. 그녀의 놀라운 수양심과 차분함 때문에 그녀가 무슨 말을 하는지 귀에 들어오지 않았다.

"지금으로선 독천과 대천회의 관계를 정확하게는 알 수 없으나 독천이 무림을 제패하려는 것은 거의 틀림없다는 생각이 들어요."

잠시가 지나서 단운비는 독고연지가 한 말들을 머릿속에서 정리하기 시작했다.

"독천이 여태까지 저질렀던 암살들을 미루어 짐작하건대, 그들의 이번 목적지는 낙양성인 것 같아요."

"낙양성……."

의미없이 중얼거리는 단운비의 뇌리에 독고연지가 하려는 다음 말의 내용이 자연스럽게 떠올랐다.

즉, 독천의 이번 목적지는 낙양성이고, 그곳에는 강북무림의 절대자인 신룡문이 버티고 있다.

강북무림의 중심은 하남성이고, 하남성의 노른자는 낙양성이다. 신룡문을 비롯한 날고 기는 방, 문파들이 대거 군림하고 있기 때문이다.

그러므로 독천의 이번 암살 표적 제일호는 누가 뭐래도 신룡문주인 신검무적 단도후일 것이다.

그는 단운비의 부친이다. 그가 독천의 다음 표적일 가능성이 높은데도 단운비는 아무런 감흥도 느껴지지 않았다. 걱정스럽거나 불안한 기분은 추호도 없다. 먼 남의 일로만 여겨질 뿐이었다.

황하의 어느 어촌 마을에 단운비의 마차가 정지해 있다.

어촌은 제법 큰 편이며 백여 척 이상의 작은 어선들이 긴 백사장에 늘어서 있다.

마을 한복판 넓은 공지에는 많은 어부들이 모여 있으며, 그들의 앞에는 독고연지가 서서 무슨 이야기를 하고 있었다.

독고연지는 이야기를 정리할 때의 버릇인 손가락 하나를 세우는 동작을 해 보이며 들으면 기분이 상쾌해지는 목소리로 말을 했다.

"그러니까 오늘 여러분을 고용하는 대가로 모두에게 은자 한 냥씩을 주겠어요. 그리고 목표물을 찾아내는 사람에겐 은자 열 냥을 주겠어요."

은자 한 냥이면 구리돈 오십 냥이고, 부지런한 어부의 보름치 수입과 맞먹는다. 그것을 하루 일당으로 준다니 어느 누가 마다하겠는가.

더구나 저 아름다운 소저가 원하는 배를 찾아내기만 하면 은자를 무려 열 냥이나 벌 수 있다.

　어부들은 자신들에게 찾아온 행운에 감사하며 모두들 힘차게 어선을 타고 강으로 몰려 나갔다.

　독고연지는 어부들이 각자의 어선을 몰고 강의 여러 곳으로 흩어지는 광경을 지켜보았다.

　이곳 어촌은 정주와 개봉성의 중간쯤에 위치해 있다. 어부들은 물고기를 많이 잡을 수 있는 곳이라면 지옥이라도 마다하지 않고 찾아가기 때문에 이 근처 황하에 대해서는 손금을 보듯이 훤하다.

　그래서 독고연지는 그들을 이용해서 독천을 찾아내려는 것이다.

　만약 어부들이 찾아내지 못한다면, 독천은 이곳에 없을 확률이 높았다.

　단운비는 마차에서 내려 어촌을 둘러보았다.

　저만치 백사장에 독고연지가 강을 향해 혼자 서 있는 모습이 보였다.

　그녀가 어부들을 이용해서 독천을 찾아내려고 하는 것은 단운비로서도 예상하지 못했던 기발한 방법이었다.

　독고연지는 한소진을 찾으려는 단운비 곁에서 도우려는 흉내만 내고 있는 것이 아니었다.

　아니, 오히려 단운비보다 그녀가 더 한소진을 찾으려고 전

력을 다하고 있었다. 그리고 단운비는 그것을 생생하게 느낄
수가 있었다.

　독고연지는 지금도 백사장에 혼자 서서 어선들이 돌아오기
만 학수고대하고 있다.

　한소진을 찾아내게 되면 독고연지 자신이 제일 불리할 텐데
도 불구하고 그녀는 단운비보다 더 열심이었다.

　그래서 그것을 단운비는 도저히 이해할 수가 없었다. 그가
한소진 입장이라면 절대 그렇게 할 수 없기 때문이다.

　독고연지는 어선들이 출발한 이후 긴 시간이 지났는데도 마
차로 돌아오지 않고 계속 백사장에서 남아서 어부들을 기다리
고 있는 중이다. 그런 열성적인 모습이 단운비의 눈에도 여실
히 비춰지고 있었다.

　그런데도 그는 그녀에게 추호도 고마움을 느끼지 못한다.
그의 마음은 모조리 한소진에게 가 있어서 남에게 나눠줄 것
이 없기 때문이다.

　단운비는 몸을 돌려 다시 마차로 들어갔다. 지금은 어부들
이 돌아오기를 기다리는 수밖에 없었다.

　마차 안에 있던 단운비는 어부들이 한두 명씩 백사장으로
돌아오고 있는 기척을 감지했다.

　그리고 얼마 지나지 않아서 누군가의 외침을 들었다.

　"찾아냈습니다! 소인이 찾아냈습니다!"

　독천을 찾아서 은자 열 냥이라는 거금을 벌게 된 어느 어부

의 기쁨에 들뜬 외침이었다.

신시(申時:오후 4시).

한 척의 소형 어선이 강물 위를 미끄러져 가고 있었다.

어선 후미에서는 독천을 찾아낸 한 명의 어부가 능숙하게 노를 젓고 있으며, 배에는 단운비와 독고연지, 청산 세 사람이 우뚝 서서 전방을 주시하고 있다.

사르락.

그때 어부는 어선을 무성한 갈대숲 속으로 진입시켰다. 갈대는 배에 타고 있는 사람들 머리 위로 두어 자 이상이나 높게 자라 있어서 그들의 모습을 완벽하게 감춰주었다.

"저깁니다요."

배를 멈춘 어부가 갈대숲 밖의 한곳을 가리키면서 최대한 낮게 속삭였다.

갈대숲 사이로 보이는 곳은 이백여 장쯤 멀리 떨어진 어느 무성한 숲 속이었다.

"저 안에 괴물처럼 시커먼 배가 정박해 있었습니다요. 물론 소인은 그들에게 들키지 않았습니다."

이곳에서 볼 때 어부가 가리키는 곳은 전혀 강처럼 보이지 않았다. 그곳은 강이 아닌 숲이 무성한 어느 깊은 산속처럼 보였다.

독고연지는 어부에게 약속한 은자 열 냥을 건네주었다. 어부는 입이 함지박처럼 크게 벌어져서 은자 열 냥을 소중하게 헝겊에 싸서 품속에 갈무리했다. 그로서는 생애 최초로 만져 보는 거액이었다.

스읏.

단운비와 독고연지, 청산은 배에서 슬쩍 떠올라 근처의 갈 댓잎 위에 소리없이 내려섰다.

독고연지와 청산이 디딘 갈댓잎이 아래로 두 치가량 구부러 졌다.

하지만 단운비가 디딘 갈댓잎은 추호도 흔들리지 않았다. 그가 두 사람보다 훨씬 고강하다는 증거였다.

어선에 혼자 남은 어부는 갈댓잎 위에 서 있는 세 사람을 마 치 귀신인 양 쳐다보았다.

청산이 어서 가라고 가볍게 손짓을 하자 어부는 화들짝 정 신을 차리고 부랴부랴 배를 저어 왔던 길을 돌아갔다.

단운비는 독천이 숨어 있을 것으로 추측되는 곳을 주시하며 잠시 생각했다.

지금은 신시이므로 해가 질 때까지는 한 시진 반 이상의 시 간이 있다.

어두워지고 나서 독천에 잠입할까 생각했으나 한소진이 이 백여 장 지척에 있다는 사실이 단운비의 인내심을 잃게 만들 었다.

그는 마치 뜨거운 열사의 사막에서 헤매면서 극도로 갈증을 느끼고 있다가 한 모금의 물을 찾는 사람처럼 처절하리만치 한소진을 그리워하고 있었다.

독천이 일단 움직이기 시작하면 접근과 잠입을 하는 것은 쉽지 않을 것이다.

그런 상황이라면 모두들 긴장하고 있을 테니까 경계도 삼엄할 것이기 때문에, 잠입할 때나 잠입한 후에도 독천 내에서 행동하는 것에 지장이 따르게 마련이다.

[지금 접근해서 잠입한다.]

결정을 내린 단운비가 전음을 보내자 독고연지와 청산은 묵묵히 고개를 끄덕였다.

사앗—

순간 단운비는 갈댓잎을 가볍게 박차고 갈대숲 밖을 향해 비조처럼 쏘아 나갔다.

이어서 그는 상체를 최대한 숙인 자세로 수면 위에 한 자 정도 뜬 채 일직선으로 쏘아갔다.

스슷—

독고연지와 청산도 동시에 신형을 날려 갈대숲을 나갔다.

독고연지는 미리 따두었던 갈댓잎 하나를 전방을 향해 손가락으로 가볍게 튕겨냈다.

갈댓잎은 빛처럼 빠르게 십여 장쯤 쏘아가다가 세로로 수면에 떨어졌다.

삭—

다음 순간 독고연지의 가죽신을 신은 작은 발끝이 갈댓잎을 살짝 밟았다.

사아아—

그리고는 폭 한 치 남짓의 가느다란 갈댓잎을 타고 물살을 가르며 쏜살같이 쏘아갔다. 체중을 갈댓잎 한 조각에 싣고 물 위를 나아가고 있는 것이다.

그녀가 전개하고 있는 수법은 일위도강(一葦渡江), 즉 하나의 갈댓잎을 밟고 강을 건너는 경공술 최고의 경지였다.

청산은 다른 방법을 전개했다. 갈대숲을 벗어나 십여 장 정도 쏘아가다가 몸이 아래로 하강하게 되면 재빨리 손을 뻗어 손바닥으로 자신의 발바닥을 붙잡고 힘껏 튕기듯이 위로 밀어 올린다.

슈욱―

그 힘을 빌어서 또다시 십여 장 정도 쏘아갔다가 그 수법을 계속 반복하는 것이다.

선두에서는 단운비가 상체를 앞으로 숙인 자세로 바람처럼 쏘아가고 있다.

그는 독고연지나 청산 같은 물리적인 방법을 전개하지 않고 순전히 내공으로만 쏘아가고 있었다.

즉, 까마득한 하늘에서 전개하는 어기비행(馭氣飛行)을 반대로 수면 위에서 전개하고 있는 것이다.

그 수법 하나만 봐도 단운비가 독고연지나 청산보다 훨씬 고강하다는 사실을 쉽사리 알 수 있었다.

그 일대는 황하 본류에서 멀리 떨어진 곳에 위치한 여러 섬들이 다닥다닥 붙어 있었다.

그래서 섬과 섬 사이로 미로처럼 복잡한 수로가 거미줄 같이 얽혀 있으며, 자연적으로 수많은 크고 작은 호수와 만을 만들어냈다.

그 깊숙한 어느 섬 기슭 울창한 숲 속에 단운비 일행은 몸을 감추고 있었다.

그들은 만의 안쪽에 정박해 있는 한 척의 거대한 거선을 울창한 나무 사이로 쳐다보았다.

섬은 만이 있는 쪽을 제외하고 바깥쪽 전체가 오륙십 장 높이의 암벽이 빙 둘러 있었다.

또한 만 쪽도 입구가 매우 좁고 안쪽은 널찍한데다 입구에 거목들이 자라 있는 탓에 외부에서는 독천을 발견하는 것이 거의 불가능했다.

만약 독고연지가 어부들을 이용하지 않았다면 절대로 독천을 찾아내지 못했을 것이다.

단운비는 만 안쪽 깊숙한 곳에 정박해 있는 독천과 그 주위를 날카롭게 천천히 살펴보았다.

독천이 너무 크고 높아서 갑판의 상황은 전혀 알 수가 없다. 그런데 뱃머리가 만의 입구 쪽을 향하고 있어서 언제든지 출발할 수 있는 준비를 갖추었다는 사실을 알 수가 있다.

독천이 정박해 있는 곳에서 삼십여 장 거리의 뭍에는 홍의를 입은 수십 명이 분주하게 움직이고 있었다.

그들이 주로 하는 일은 섬에서 나무를 베어 잘게 쪼개어 독천으로 운반하는 것이다.

독천에는 여러 개의 대형 주방이 있기 때문에 그곳에서 사용하는 땔감을 조달하고 있는 듯했다.

그 외에는 뭍의 어느 평평한 곳에서 역시 홍의를 입은 세 명이 불을 피워놓은 채 요리를 하고 있었다.

독천은 쥐 죽은 듯이 잠잠하고 몇십 명이 땔감을 준비하고 있는 상황에서 요리라니, 뜻밖의 풍경이었다.

단운비 일행이 있는 곳에서 독천까지의 거리는 대략 이백여 장쯤 되었다.

땔감을 조달하고 있는 자들과 요리를 하는 자들의 이목을 피해서 독천까지 접근하는 것은 별로 문제가 되지 않을 듯했다.

독고연지와 청산은 단운비가 명령을 내리기만 하면 독천으로 쏘아갈 준비를 마치고 기다리고 있었다.

단운비는 한 가지가 신경 쓰여서 독천으로 쏘아가는 것을 잠시 미루고 있는 상태였다.

뭍에서 요리를 하고 있는 세 명의 홍의경장인 때문이다.

단운비가 보기에도 그들은 일개 수하들 같았다. 그런 그들이 매우 정성스럽게 준비하고 있는 요리를 자신들이 먹으려는 것 같지는 않았다.

더구나 그들이 요리해서 탁자에 차리는 요리들은 하나같이 근사했다.

이윽고 그들은 요리를 다 차리고 탁자에서 물러나 공손한 자세로 누군가를 기다렸다. 역시 자신들이 먹으려는 것은 아니었다.

단운비는 누가 식사를 하는지 확인하기 위해서 기다리기로 했다. 그는 삼천존일 것이라고 짐작했다.

그때 요리를 한 세 명이 독천 쪽을 향해서 깊숙이 허리를 굽혔다. 누군가 오고 있다는 뜻이었다.

단운비와 독고연지, 청산의 시선이 독천 쪽으로 향했다.

다음 순간 독고연지와 청산은 약간 눈을 크게 뜨며 놀라는 표정을 지었다.

독천에서 온 듯한 세 명이 탁자로 걸어가고 있는데, 두 명이 좌우에서 한 명을 호위하고 있는 광경이었다.

호위를 받고 있는 사람은 일신에 먹처럼 검은 흑의경장을 입고 한 자루 검을 어깨에 멘 여자다.

그런데 그녀의 머리카락이 마치 눈을 이고 있는 것처럼 눈부신 백발이었다.

뿐만 아니라 방금 하늘에서 하강한 선녀처럼 너무도 아름다운 미모의 소유자였다.

약 이십 세 전후의 나이로 보이는 그녀는 먹처럼 검은 흑의를 입고 있는 것과는 대조적인 눈처럼 흰 백발을 산들바람에 흩날리고 있었다.

그리고 옥처럼 투명한 살결을 지니고 있어서 보는 이의 눈을 한순간에 사로잡았다.

독고연지와 청산은 설마 독천에서 저토록 아름다운 여자가 나올 줄은 예상하지 못했다가 적잖이 놀란 것이다.

그런데 두 사람은 단운비를 보다가 움찔 놀랐다. 그가 눈을 한껏 크게 뜨고 얼굴에는 너무도 반가우며 기쁜 표정을 가득 떠올리고 있었기 때문이다.

그래서 두 사람은 깨달았다, 저기 백발의 여자가 바로 한소 진이라는 사실을.

두 사람은 다시 백발녀를 쳐다보았다. 한소진이기 때문에 더 자세히 보려는 것이다.

마침내 한소진을 찾아냈다.

'진아……'

너무도 반가워서 단운비는 두 눈에서 눈물이 차올랐다.

그러나 그때 무엇을 발견했는지 그의 두 눈에 흠칫하는 기색이 떠올랐다.

그의 시선은 한소진의 얼굴에 뚫어지게 고정되었다.

그녀의 얼굴에는 한 겹의 얼음이 덮인 듯 싸늘함이 떠올라 있었다.

아니, 그것은 그녀가 짓는 표정이 아니라 마치 태어날 때부터 얼굴에 새겨져 있었던 것 같았다.

단운비의 시선이 그녀의 눈으로 향했다가 질끈 어금니를 악물고 말았다.

그녀의 눈은 심연처럼 깊숙이 가라앉아 있지만, 단운비는 그 눈에서 사악한 마기가 스멀스멀 흘러나오고 있는 것을 발견할 수 있었다.

'어… 째서 진아가……'

단운비는 망연자실했다. 그의 기억 속에 남아 있는 한소진은 티 한 점 묻지 않은 너무도 순수한 소녀였다.

그런데 지금 그가 보고 있는 여자는 악마의 화신이다. 절대 한소진일 리가 없다.

독고연지와 청산은 다시 단운비를 쳐다보다가 그의 표정을 발견하고 적잖이 놀라는 표정을 지었다.

그리고는 뭔가 잘못됐음을 직감했다. 하지만 단운비가 너무 충격을 받은 모습이라서 뭐라고 물어볼 수는 없었다.

단운비는 자신이 잘못 봤을지도 모른다는 생각에 눈을 부릅뜨고 다시 뚫어지게 주시했다.

하지만 몇 번을 봐도 결과는 마찬가지였다. 한소진은 예전의 한소진이 아니다.

그녀는 양쪽에 두 명의 호위를 거느린 채 요리가 차려진 탁자 앞 의자에 느긋하게 앉더니 식사를 시작했다.

독천의 우두머리인 삼천존이 있다면 절대로 취할 수 없는 행동을 하고 있었다.

그렇다는 것은, 한소진이 독천의 새로운 우두머리가 됐다는 뜻이다.

'설마……'

부인하려고 애써보지만 무의미하다. 눈으로 보고 있는 현실은 한소진이 독천의 우두머리라는 사실을 분명하게 입증하고 있었다.

그렇다면 살비평규의 마지막 삼단계인 삼천혈세록의 인물

들을 암살하고 있는 게 한소진이라는 것이다.

'진아가 도대체 무엇 때문에…….'

이해할 수 없는 일이다. 한소진이 어째서 저렇게 변했으며, 또 혈세암살을 자행하고 있단 말인가.

[그녀는 천마신이 됐어요.]

그때 독고연지가 전음으로 말했다. 그 말에 단운비와 청산은 동시에 움찔 놀랐다.

'천마신이라니…….'

박식한 단운비는 천마신이 무엇인지 알고 있었다. 경험이 풍부한 청산 역시 모를 리가 없다.

전설의 악마가 남겼다는 천마신공을 극성까지 연공하면 천마신이 된다.

천마신이 되면 인성이 마비되고 공전절후의 일대마인이 되는 것이다.

아무도 천마신을 당해내지 못한다. 천마신은 악의 화신이기 때문이다.

단운비는 한소진을 주시하며 그녀가 천마신이 된 것이 틀림없다고 확신했다.

그녀의 사악한 눈빛이나 백옥 같은 살결, 그리고 백발이 된 머리카락이 그것을 증명하고 있지 않은가.

'진아가 천마신이 되다니…….'

정말이지 추호도 예상하지 못했던 일이다. 그러므로 지금 상황에서 단운비가 무엇을 어떻게 해야 할지 모르는 것은 당연하다.

　'이건… 말도 안 돼……'

　속으로 그 말만 되풀이할 뿐이었다. 한소진을 찾아내서 그녀와 함께 아무도 모르는 곳에 은거할 것이라는 꿈이 산산조각 부서지고 있었다.

第四十七章

극적 해후

풍림화산

[단 상공! 위험해요!]

갑자기 독고연지가 날카롭게 전음을 보내며 단운비에게 몸을 날렸다.

팍!

독고연지의 뒤쪽 어깨에서 피가 확 뿜어졌다. 그녀는 단운비를 밀쳐 내고 대신 무엇인가에 적중당했다.

그녀가 밀치는 바람에 단운비는 상체가 뒤로 젖혀진 자세에서 눈을 부릅떴다.

시간이 정지한 듯한 상태. 한 쌍의 젓가락이 독고연지의 왼쪽 어깨를 관통하여 등 쪽으로 빠져나가면서 그곳으로 분수처럼 피가 뿜어지고 있는 광경이 선명하게 보였다.

만약 독고연지가 밀치지 않았으면 젓가락이 쏘아온 각도로 미루어 단운비의 목 한복판에 정확하게 적중, 아니, 관통됐을 것이다.

그러면 아무리 절정고수인 단운비라고 해도 즉사를 면치 못했을 터이다.

단운비는 한소진 때문에 너무 큰 충격을 받아서 잠시 정신을 놓고 있었던 모양이다. 그래서 누군가 공격을 가한 것조차 모르고 있었다.

[주군! 발각됐습니다!]

아직도 제정신을 차리지 못하고 있는 단운비의 귀에 청산의 다급한 전음이 전해졌다.

단운비는 번쩍 정신을 차리면서 한소진이 있는 쪽을 쳐다보다가 움찔 놀랐다.

"……!"

한소진이 이쪽을 향해서 곧장 쏘아오고 있는 것을 발견했기 때문이다.

보통 사람이 경공을 발휘하면 선 채로 상체가 앞으로 숙여지는 자세를 취하는데, 한소진은 허공에 일직선으로 몸을 쭉 뻗고 엎드린 자세로 쏘아오고 있었다.

더구나 그 속도란 눈을 의심할 정도다. 마치 한줄기 빛살이 쏘아오는 듯했다.

그녀는 식사를 하다가 단운비 일행이 숨어서 지켜보고 있는 것을 감지하고 젓가락을 집어 던진 것이다.

그런 동작이라면 아마도 젓가락에 전력을 주입하지는 않았을 것이다.

그런데 거기에 독고연지가 어깨를 관통당했다. 물론 단운비를 구하려다가 그리된 것이지만, 지독히 빠르거나 위력적이 아니었으면 그녀가 다칠 리가 없었다.

이백여 장의 거리를 한소진은 눈 한 번 깜빡이는 순간에 이미 절반 이상 쏘아오고 있었다.

단운비는 쏘아오는 한소진을 쳐다보면서 일순간 어떻게 해야 할지를 몰랐다.

어쩌면 한소진은 숨어 있는 사람이 단운비인지 모르고 그랬을 가능성이 크다.

그녀가 단운비를 알아보았다면 어찌 공격을 할 수 있었겠는가. 절대로 그럴 리가 없다. 두 사람은 몸을 섞지 않았지만 부부나 다름이 없었다. 아니, 말로써는 설명할 수 없는 한 몸 같은 사이가 아닌가.

[주군, 어서 피하십시오!]

[단 상공, 위험해요!]

청산과 독고연지는 단운비가 움직이지 않고 한소진을 주시하고 있기 때문에 초조해서 동시에 외쳤다.

그러나 단운비는 피하지 않을 생각이었다. 그토록 한소진을 만나려고 애를 썼건만 그녀를 피한다는 것은 말이 안 된다.

단운비를 발견하면 한소진은 필경 기뻐서 눈물을 흘릴 것이다. 틀림없다.

독고연지와 청산은 단운비가 우뚝 선 채 한소진을 주시하며
꼼짝도 하지 않자 초조하기 짝이 없는 표정으로 마음만 졸일
뿐이었다.

　그러나 독고연지도 청산도 그 자리에서 움직이지 않았다.
단운비가 피하지 않고 있기 때문에 그들도 움직일 수 없었기
때문이다.

　단운비 일행은 만의 좁은 입구의 한쪽 울창한 숲 속에 있는
상태다.

　한소진은 순식간에 숲 밖에 이르러 가볍게 소맷자락을 슬쩍
흔들었다.

　콰콰콰아아─!

　순간 엄청난 경풍이 휘몰아치면서 숲의 아름드리 거목들을
뿌리째 뽑아 하늘로 날려 버렸다.

　상상을 초월하는 굉장한 위력이다. 단지 소맷자락을 떨쳤을
뿐인데 수십 그루 거목들이 뿌리째 뽑혀서 지푸라기처럼 날아
가 버리다니 믿어지지 않는 일이다.

　한소진, 아니, 천마신의 능력은 단운비 등이 상상했던 것보
다 훨씬 고강한 것이 분명하다.

　세 사람이 놀라고 있는 사이에 어느새 한소진은 그들의 오
장 전방까지 쇄도하고 있었다.

　그리고 십여 장 뒤에서 한소진을 호위했던 두 명의 핏빛 혈
의경장을 입은 청년이 나란히 쏘아오고 있었다.

　하지만 단운비는 개의치 않고 오히려 당당하게 우뚝 서서

환하게 미소 지으며 두 팔을 벌렸다.

"진아!"

이어서 반가움과 기쁨에 가득 찬 목소리로 힘차게 한소진을 불렀다.

순간 이 장까지 쏘아온 한소진이 허공중에서 멈칫했다.

백옥보다 더 투명하게 흰 그녀의 얼굴에 가벼운 놀라움이 설핏 떠올랐다.

그리고 두 눈에서는 단운비가 익히 알고 있는 순수하고도 해맑은 눈빛이 흘러나왔다.

"진아, 나다!"

단운비는 한소진이 자신을 알아본 것이라 여기고 더욱 환하게 미소 지었다.

좌우에서 지켜보고 있는 독고연지와 청산은 더없이 조마조마한 표정이다.

한소진은 천마신이 됐다. 그리고 이곳에는 독천이 있다. 만약 일이 잘못된다면 단운비를 비롯한 세 사람은 오늘 이곳에서 살아 나가기가 어려울 것이었다.

그때 잠시 멈칫했던 한소진의 얼굴에 한줄기 요염하면서도 사악한 미소가 스르르 떠올랐다.

그러더니 두 눈에서 줄줄이 마기를 뿜으면서 방울 소리 같은 웃음을 터뜨렸다.

"깔깔깔깔깔! 누가 진아란 말이냐? 네놈이 정녕 미친 모양이로구나!"

"진아……."

단운비는 쇠망치로 뒤통수를 호되게 얻어맞은 듯한 충격을 받았다.

순간 한소진은 단운비 전면 이 장 허공에 정지한 채 그를 향해 슬쩍 소매를 떨쳤다.

쿠아앗!

그러자 그녀의 소매 속에서 보기에도 섬뜩한 핏빛 기류 한 줄기가 단운비를 향해서 폭발하듯이 뿜어졌다. 게다가 그 속도는 가히 빛이다.

그런데도 단운비는 우두커니 선 채 불신의 표정으로 한소진을 쳐다보고만 있을 뿐 피할 생각을 하지 않았다. 아니, 못했다. 충격이 너무 크기 때문이었다.

"주군!"

"단 상공!"

청산과 독고연지가 동시에 날카롭게 외쳤으나 단운비는 요지부동이다.

거듭되는 충격이 너무 커서 그의 정신을 마비시킨 탓이다.

꿈에서조차 그리워하던 한소진이 천마신이 되고, 그녀가 단운비를 알아보지 못하고 공격을 퍼붓고 있는 지금의 이 현실이 죽어도 믿어지지 않는 것이다.

후웅!

순간 청산이 다급히 온유한 잠력을 뿜어내서 단운비를 옆으로 밀려나게 했다.

꽝!

다음 순간 단운비 뒤에 있던 아름드리나무 밑동이 끊어지면서 땅에 커다란 구멍이 뚫렸다.

만약 단운비가 그 자리에 서 있었다면 필경 상체가 산산조각 났을 것이다.

청산의 잠력에 일 장쯤 옆으로 밀린 단운비는 맥없이 땅바닥에 나뒹굴었다.

그는 몸에 낙엽과 풀이 달라붙은 채 어이없다는 듯 한소진을 쳐다보았다.

그러나 한소진은 또다시 교소를 터뜨리며 소매를 떨쳤다.

"까르르르! 운이 좋은 놈이로구나! 어디, 이번에도 운이 좋은지 보겠다!"

쾌우우웅!

또다시 핏빛의 새빨간 빛살이 바닥에 주저앉아 있는 단운비를 향해 무시무시하게 뿜어졌다.

"주군, 정신 차리십시오!"

청산은 큰 소리로 외치면서 한소진이 발출한 혈광을 향해 일장을 뿜어냈다.

같은 순간에 독고연지는 한소진에게 오른손으로 강맹한 일장을 발출했다.

그녀는 왼쪽 어깨를 관통당한 상태여서 왼팔을 사용할 수가 없는 형편이다.

한소진의 혈광이 너무나 빨라서 청산의 일장은 단운비의 반

장 앞에서야 혈광을 적중시켜서 방향이 빗나가게 할 수 있었다.

쾅!

방향을 꺾은 혈광은 앉아 있는 단운비 오른쪽 땅에 적중되며 그의 온몸에 흙을 끼얹었다.

펑!

그때 독고연지가 발출한 일장이 한소진 옆구리 한 자 거리에서 폭음을 터뜨렸다.

그것은 마치 한소진의 몸 주위에 보이지 않는 벽이 쳐져 있어서 거기에 일장이 적중된 듯한 광경이었다.

'호신강기(護身罡氣)라니…….'

그 광경을 보면서 독고연지는 아연실색했다. 공력이 화경(化境)에 이르면 일부러 만들지 않아도 항상 몸 주위에 호신강기가 쳐져 있다는 말은 들은 적이 있지만, 그것을 직접 보는 것은 난생처음이다.

한소진은 자신에게 일장을 가격한 독고연지를 힐끗 쳐다보며 눈에서 와르르 시퍼런 한광(寒光)을 쏟아냈다.

"건방진 년, 어딜 감히……."

슈우욱!

순간 한소진은 독고연지를 향해 내리꽂혔다. 번뜩! 하는 순간에 이미 그는 독고연지의 일 장 전면에서 쇄도하고 있는 중이었다.

"……!"

독고연지는 기겁하며 그 자리에서 얼어붙었다.

"독고 소저!"

순간 청산이 버럭 뇌성을 터뜨리는 바람에 독고연지는 퍼뜩 정신을 차렸다.

슈우―

한소진은 덮쳐 오면서 독고연지에게 오른손을 뻗었다.

창!

독고연지는 다급히 어깨의 검을 뽑아 마주 반격해 갔다.

스사사아아―

쐐애액!

한소진의 뻗은 손에서 흐릿한 핏빛 장영(掌影)이 뿜어져 나왔고, 독고연지의 검에서 발출된 검기가 한소진의 상체 세 군데 급소를 세로로 쪼개어갔다.

스아아.

그런데 한소진이 발출한 장영이 쏘아오는 도중에 갑자기 십여 개로 부챗살처럼 확 펼쳐지면서 독고연지의 온몸 사혈을 공격해 왔다.

독고연지의 검기가 한소진의 급소들을 쪼개는 것보다 한발 빠르게 한소진의 십여 개의 장영이 먼저 독고연지 몸에 적중될 것이다.

스스스…….

독고연지는 검을 거두면서 다급히 가문의 독문보법을 밟아 아슬아슬하게 장영들을 피했다.

하지만 그것이 끝이 아니다. 어느새 지척까지 쇄도한 한소진이 재차 오른손을 뻗고 있었다.

키이—

손을 매의 발톱처럼 잔뜩 구부렸는데, 손가락 끝에서 다섯 치 길이의 새빨간 손톱들이 비수처럼 튀어나왔다. 또한 손톱들은 하나같이 핏물을 바른 듯 시뻘건 색이었다.

가까이 쇄도한 그녀는 번개같이 독고연지의 목을 잡아왔다. 얼마나 빠른지 독고연지의 눈으로는 그녀의 움직임이 제대로 보이지도 않았다.

만약 거기에 긁히기라도 하면 그녀의 목은 갈가리 찢겨져 나가고 말 것이다.

독고연지는 반격할 생각은 하지도 못하고 필사적으로 가문의 보법을 밟았다.

스스스스.

찌익!

"앗!"

거의 다 피했으나 한소진의 손톱 하나가 독고연지의 목 오른쪽 옆의 옷에 살짝 걸려 길게 찢었다.

독고연지는 다급히 뒷걸음질쳐서 일 장쯤 물러났다. 심장이 미친 듯이 쿵쾅거렸으며 얼굴에는 한 올의 핏기도 없이 창백했다.

옷이 얼마나 찢어졌으며 혹시 다치지는 않았는지 살펴볼 겨를도 없다.

한소진이 번뜩하는 순간에 어느새 코앞에서 손을 뻗어오고 있었기 때문이다.

쉬잉!

독고연지는 급급히 철판교의 수법으로 자빠지듯이 상체를 뒤로 젖혔다.

콰득!

그녀의 가슴 위 반 뼘 거리에서 스쳐 지나는 한소진의 손이 바로 뒤에 있던 거목을 할퀴었다.

단지 손톱에 스쳤을 뿐인데 거목의 절반 이상이 뭉텅 뜯겨져 나갔다.

"이년! 제법이구나!"

한소진은 단 이 초식 만에 독고연지를 궁지로 몰아넣은 것으로 모자라서 싸늘하게 외치며 우수를 내밀어 하나의 원을 그렸다.

번쩍—!

순간 한소진의 우수에서 혈광이 눈부신 광채를 발하면서 폭사되었다.

철판교의 수법을 발휘해서 상체를 뒤로 젖혔다가 막 일으키던 독고연지는 어느새 반 장 앞까지 쇄도한 혈광을 발견하고 사색이 되었다.

이번만큼은 도저히 피할 재간이 없다. 그렇다고 오른손에 쥐고 있는 검으로도 어떻게 해볼 방법이 없다.

절체절명의 순간, 한소진의 왼쪽에 있던 청산이 벼락같이 그녀를 향해 수중의 검을 그어댔다.

키아앗!

순간 초승달을 닮은 세로의 검기가 한소진을 향해 맹렬하게 쏘아갔다.

그러나 한소진은 청산 쪽을 쳐다보지도 않은 채 아무렇지도 않게 왼손을 청산에게 뻗었다.

번쩍—!

이어서 독고연지에게 전개한 수법을 청산에게도 똑같이 발출했다.

그렇지만 워낙 가까운 거리인데다 먼저 발출된 검기가 한소진에게 도달했다.

팍!

하지만 검기는 한소진의 옆얼굴 한 뼘 거리에서 보이지 않는 호신강기에 부딪쳐서 굴절되어 다른 곳으로 향했다.

오히려 한소진이 양손으로 발출한 두 개의 혈광이 각기 독고연지와 청산의 코앞까지 이르렀다.

독고연지는 다급하게 왼손을 들어 장력을 발출하여 혈광에 맞섰다.

왼쪽 어깨를 다쳐서 왼팔을 사용할 수 없는 처지이지만 지금으로선 어쩔 수가 없다.

꽈릉!

"아악!"

혈광과 장력이 격돌하는 순간 독고연지는 찢어지는 듯한 비명을 지르며 실 끊어진 연처럼 뒤로 튕겨져서 날아갔다.

콰자작!

그녀는 거목들을 연달아 부러뜨린 이후에 입과 어깨의 상처에서 피를 뿜으며 바닥에 내동댕이쳐졌다.

어금니를 악문 청산은 검을 두 손으로 잡고 자신을 향해 쏘아오는 혈광을 전력으로 내려쳤다.

쩌껑!

"크옥……!"

그가 검에 전 공력을 주입했기 때문에 혈광은 산산이 부서지며 흩어졌다.

하지만 그는 충격을 이기지 못하고 반탄력에 뒤로 이 장이나 날려가며 입에서 피화살을 뿜어냈다.

휘익!

한소진은 날아가는 청산을 향해 쏘아가며 희디흰 섬섬옥수를 뻗었다.

키웅!

순간 여태까지와는 전혀 다른 핏빛 빛살이 놀라운 속도로 뻗어 나갔다.

그것은 마치 왕거미가 거미줄을 뿜어내는 것 같은 광경인데, 한소진의 손가락에서 뿜어졌다. 즉, 지풍인 것이다.

그때 단운비는 퍼뜩 정신을 차렸다. 그가 발견한 것은 튕겨져서 날아가고 있는 청산을 향해 한소진이 덮쳐 가면서 핏빛지풍을 발출하고 있는 광경이었다.

"멈춰라, 진아!"

피잉!

단운비는 버럭 노성을 터뜨리면서 쏘아가며 지풍을 날려 한소진의 지풍을 중간에서 튕겨냈다.

그러자 청산을 향해 쏘아가던 한소진이 즉각 방향을 꺾어 단운비를 향해 덮쳐 왔다.

무서운 속도로 날아가다가 어떻게 그렇게 갑작스럽게 방향을 바꿀 수 있는지 믿어지지 않는 경공이었다.

자신을 향해 곧장 쏘아오는 한소진을 보면서 단운비는 안타까운 얼굴로 외쳤다.

"진아, 정신 차려라! 나다! 단운비란 말이다!"

순간 한소진이 허공중에서 뚝 멈추었다. 그러더니 고개를 갸웃거렸다.

"단운비……?"

방금까지만 해도 소름 끼치는 살광을 뿜어내던 두 눈은 예전의 순진한 눈빛을 되찾고 흑백이 또렷한 눈을 깜빡거리며 중얼거렸다.

"누구지? 단운비가……."

"기억나지 않느냐? 우리 둘이 지옥도의 동굴 속에서 함께 살지 않았었느냐? 응?"

한 가닥 희망을 발견한 단운비는 한소진 앞에 내려서며 결사적으로 설득했다.

"지옥도……."

한소진은 스르르 단운비 앞에 내려섰다.

두 사람 사이는 석 자, 팔을 뻗으면 닿을 수 있는 거리다.

단운비는 오히려 한 걸음 더 바짝 다가서며 열띤 표정으로 말했다.

"네가 독천으로 끌려갔을 때 나는 너를 구하러 독천에 잠입했었다. 기억나지 않느냐? 나는 너를 업고 도망치다가 혼자 바다로 떨어지지 않았었느냐?"

한소진은 단운비의 얼굴을 빤히 응시했다.

"기억이……."

그녀는 단운비의 얼굴로 천천히 손을 뻗었다. 그러는 그녀의 얼굴에는 과거 너무도 순수하고 청초했던 한소진의 모습이 고스란히 떠올라 있었다.

단운비는 가슴속에서 뜨거운 것이 솟구쳐 올랐다.

"진아……."

콱!

순간 한소진이 단운비의 뺨을 만지는 듯하더니 느닷없이 그의 목을 움켜잡았다.

"큭."

"깔깔깔깔깔! 단운비 같은 것은 모른다!"

한소진은 고개를 젖히며 딱따구리가 나무를 쪼는 듯한 교소를 터뜨렸다.

그녀는 교소를 뚝 멈추고 단운비를 쳐다보았다. 예의 두 눈에서는 지옥 밑바닥에서 끓고 있는 불구덩이 같은 오싹 소름 끼치는 마기가 일렁였다.

"호호호호! 잘 들어라, 단운비! 나는 천하를 정복할 것이다! 그래서 천하를 마중천하(魔中天下)로 만들 테다!"

"끄으으……."

단운비는 피가 얼굴로 몰려서 시뻘겋게 변한 채 고통스러운 신음을 흘렸다.

그는 자신이 몇 마디만 더 하면 한소진이 기억을 되찾을 것이라고 희망을 품었었다.

그런데 설마 그녀가 자신을 조롱할 것이라고는 꿈에도 예상하지 못했다.

그녀는 아무것도 기억하지 못하는 것이다. 단지 단운비를 제압하려고 농락했을 뿐이다.

"주군!"

"단 상공!"

한소진을 뒤따라온 두 명의 청년, 즉 혈이, 혈삼과 치열하게 싸우고 있는 청산과 독고연지가 단운비를 보면서 다급하게 외쳤다.

청산은 혈이와, 독고연지는 혈삼과 싸우고 있었는데 현격한 열세를 보이고 있어서 단운비를 도울 수 없는 형편이었다.

혈이는 과거 무당파 장문인의 대제자였으며, 혈삼은 항주성 저잣거리에서 흑사파의 두령 노릇을 하던 살모사다.

단운비는 얼굴이 금방이라도 폭발할 것처럼 시뻘겋게 변했으나 아직 한소진을 포기하고 싶지 않았다.

"끄으으… 어째서… 마중… 천하를… 만들려는… 것이냐……?"

그는 두 눈에서 동공이 사라지면서도 쇠붙이를 긁는 듯한 소리로 간신히 물었다.

단운비의 목을 한 손에 움켜잡고 있는 한소진은 어깨를 들썩이며 웃었다.

"호호호홋! 멍청한 질문을 하는구나! 천하가 나의 소중한 사람을 죽였기 때문에 복수를 하는 것이다!"

한소진이 애초에 천하를 제패하겠다는 목표를 세웠던 동기는 단운비의 죽음 때문이었다.

하지만 마성이 극에 달한 현재의 그녀는 동기의 대강적인 것만 뭉뚱그려서 알고 있을 뿐이지 구체적인 것에 대해서는 까맣게 모르고 있다.

동공이 사라져 가는 단운비의 눈에 다시 동공이 나타나며 여린 빛이 흘렀다.

"끄으… 너의… 소… 중한… 사람이… 누구냐……?"

"그가… 누구지?"

고개를 갸웃거리며 중얼거리는 한소진의 눈빛은 다시 선량함을 되찾았다.

"그가 누군지 잘 생각해 봐라."

"그는…….'"

한소진의 얼굴이 흐려졌다.

"끄윽… 끄으… 혹시… 그 사람이… 단운비… 가 아니냐?'"

"단… 운… 비……."

"그, 그래. 나를 봐라. 내가 바로 단운비다."

한소진의 선량하기 짝이 없는 눈이 사르르 단운비의 얼굴을 바라보았다.

단운비는 고통을 추호도 느끼지 못했다. 단지 한소진이 자신에 대한 기억을 떠올려 주기만을 간절하게 바랐다.

그러나 그의 바람은 무참히 깨졌다. 그 순간 한소진의 두 눈에서 선량함이 씻은 듯이 사라지고 대신 사악하기 이를 데 없는 마기가 일렁였다.

"이놈! 단운비 따위가 다 뭐냐?"

우드득!

"끄으윽……."

한소진이 손아귀에 힘을 주자 단운비는 목이 부러지는 듯한 고통을 느꼈다.

'끄으으… 이 여자는 진아가 아니다……. 악마다… 단지 악마일 뿐이다…….'

단운비는 핏발이 곤두선 눈으로 한소진을 쏘아보며 어금니를 악물었다. 그는 비로소 한소진을 공격해야겠다는 결심이 섰다.

후욱!

순간 그의 오른손이 허공을 갈랐다.

쾅!

"윽!"

그의 주먹은 한소진의 호신강기를 뚫고 오성의 공력을 실은 상태에서 그녀의 복부에 꽂혔다.

한소진은 몸을 새우처럼 접은 채 뒤로 쏜살같이 튕겨져 날아갔다.

"단 상공, 그녀를 제압해요!"

혈삼과의 싸움에서 열세에 몰려 계속 뒤로 물러나면서 피하던 독고연지가 그 광경을 보고 다급히 외쳤다.

'그렇다! 우선 제압하자!'

단운비는 아직도 허공을 날아가고 있는 한소진을 향해 쏜살같이 쏘아갔다.

한소진이 천마신이 됐다고 해도 일단 제압해서 데리고 간 후에 방법을 찾아보면 될 것이라는 생각이다. 마성을 제거하기 위해서라면 무슨 짓이라도 할 수 있다.

그녀는 무방비 상태에서 복부에 불의의 일격을 당했으므로 엄중한 내상을 입었을 것이다.

그러므로 제압하는 것은 어려운 일이 아닐 것이라고 단운비는 쉽게 생각했다.

슈욱!

그런데 튕겨져 날아가던 한소진이 갑자기 단운비를 향해서 마주 쏘아오고 있었다.

멀어지고 있는 줄 알았더니 오히려 가까워지고 있는 것이다. 그것은 실로 눈을 의심하게 만드는 광경이었다.

제아무리 경공에 뛰어나다 해도 쏘아가던 몸의 일부가 어딘가를 의지하지 않은 상태에서 허공중에서 전혀 다른 방향으로 트는 것은 매우 어려운 일이었다.

더구나 전진과 후진을 마음대로 하는 것은 불가능에 가까운 일이다.

단운비는 한소진이 자신을 향해 쏘아오고 있는 사실을 잠시가 지난 후에야 깨달았다.

그녀가 계속 멀어지고 있을 것이라는 선입견과 눈의 착시 현상 때문이었다.

비록 전력은 아니더라도 단운비의 오성 공력이 실린 일권에는 한 자 두께의 쇳덩이조차도 산산조각 낼 수 있는 위력이 실려 있었다.

그런데 그것을 정통으로 적중당하고서도 한소진은 아무렇지도 않은 얼굴로 공격해 오고 있다. 더구나 허공중에서 방향까지 전환하지 않았는가.

"깔깔깔깔! 네놈을 제압해서 삼천존처럼 내 개로 삼아서 갖고 놀아야겠다!"

한소진은 정면으로 쏘아오면서 마기를 풀풀 풍기며 교소를 터뜨렸다.

그녀의 말에 단운비는 그녀가 삼천존을 제압해서 처참한 상태로 만들었다는 사실을 짐작했다.

그녀가 삼천존을 그렇게 비참한 모습으로 만든 것은 필경 원한 때문일 것이다.

원한의 대강적인 것은 의식하면서도 본질을 모르고 있다는 사실이 너무도 한스러운 일이었다.

단운비는 어금니를 악물었다.

'지금 상태에서는 진아에게 동정심을 품고 있다가는 죽도 밥도 안 된다. 지금은 전력으로 진아를 제압하는 것만 생각해야 한다.'

하지만 그는 검, 즉 독각도를 사용하지는 않을 생각이다. 검을 사용하면 한소진을 신체적으로 다치게 하거나 중상을 입힐 수도 있기 때문이다.

그는 지금까지도 그녀에 대한 미련을 버리지 못하고 있다. 아니, 버릴 수가 없다. 그런다는 것은 그가 스스로의 삶을 포기하는 일이기 때문이다. 한소진은 그가 살아가는 유일한 원동력이 아닌가.

그는 쏘아가면서 공력을 극한으로 끌어올려서 소양신장을 일으켜 두 손에 모았다.

그때 마주 오던 한소진이 거리가 삼 장여로 좁혀지자 왼손을 뻗어 앞으로 내밀면서 하나의 작은 원을 그렸다. 조금 전에 독고연지와 청산에게 전개했던 것과 같은 수법을 사용하려는 듯했다.

번쩍!

순간 눈부신 혈광이 일직선으로 뿜어져 단운비를 향해 무시무시하게 쏘아왔다.

단운비는 방심하지 않고 즉시 오른손을 뻗어 칠성의 공력으로 소양신장을 발출했다.

쿠우웅—!

그는 제대로 대결하면 자신이 한소진에게 패하지 않을 것이라고 생각했다.

그 순간 혈광과 소양신장이 정통으로 격돌했다.

꽈꽝!

대지가 뒤집히고 하늘이 쪼개질 듯한 굉음이 터지며 폭풍의 수십 배에 달하는 위력의 경풍이 좌우로 쏟아졌다.

"흐윽……!"

"윽!"

단운비와 한소진은 똑같이 신음 소리를 내며 뒤로 튕겨져 날아갔다.

단운비는 오른팔이 떨어져 나갈 것 같은 통증과 목구멍에서 비릿한 피비린내를 느끼면서 계속 날아갔다.

그러면서 슬쩍 보니까 한소진도 튕겨져 날아가고 있었다.

단운비는 방금 격돌에서 한소진이 생각했던 것보다 훨씬 고강하다는 것을 깨달았다.

아니, 어쩌면 자신하고 비슷한 수준일지도 모른다는 생각마저 들었다.

그는 즉시 천근추의 수법으로 바닥에 내려섰다.

그런데 그가 쳐다보고 있는 사이에 한소진이 어느새 쏘아오고 있었다.

조금 전에도 그러더니 지금 역시도 단운비가 뻔히 보고 있는 사이에 그녀는 방향을 바꾸거나 공격으로 전환하고 있었다.

말하자면 무단변각(無斷變角), 즉 동작이 일체의 끊어짐이 없으며 어떤 각도에서든 공격이 가능하다는 뜻이었다.

방금 격돌에서 한소진은 추호도 손해를 입지 않았다. 반면에 단운비는 가벼운 내상을 입었다.

그는 우뚝 서서 두 발을 넓게 벌리고 두 팔을 늘어뜨린 채 공력을 극한으로 끌어올렸다.

배워두기는 했으나 웬만하면 사용하지 않으려고 마음먹었던 적양대신력(赤陽大神力)을 전개하려는 것이다.

무림의 절대자인 북문남보는 각각 장법과 검법으로 오늘의 위치에 오른 것이다.

북문 신룡문의 성명장법은 적양대신력, 남보 금검보는 금검파천(金劍破天)이라는 검법이다.

물론 신룡문에도 검법이 있으며 금검보에도 장법이 있다. 하지만 감히 무림제일이라고 자신할 수 있는 것은 뭐니 뭐니 해도 적양대신력과 금검파천이다.

단운비가 적양대신력을 사용하려는 것은 이 싸움을 길게 끌고 싶지 않기 때문이다.

또 하나의 이유라면, 적양대신력을 사용해야지만 한소진을 제압할 수 있을 것이라고 판단한 것이다.

쿠아앗!

삼 장 전면까지 쇄도한 한소진은 조금 전에 단운비를 상대했던 혈광을 재차 발출했다.

하지만 조금 전보다 훨씬 빠르고 위력적이다. 공력을 증가시킨 것이 분명하다.

단운비는 두 눈을 부릅뜨고 두 다리에 불끈 힘을 주고 버티면서 두 팔을 벌렸다가 한데 모으는가 싶더니 두 손으로 마치 공을 쥔 것 같은 자세를 취했다.

후우우…….

그러자 두 손 안에서 시뻘건 광채의 둥근 원형 물체가 형성되었다.

그것이 바로 적양대신력의 구결을 운용하여 공력으로 만들어낸 적양단(赤陽丹)이며 그것을 발출하는 것이다.

구오오옴!

일순 단운비가 두 손목의 안쪽을 서로 붙여서 앞으로 쭉 뻗자 둥근 적양단이 마치 유성처럼 긴 꼬리를 만들면서 빛처럼 빠르게 뿜어졌다.

두 개의 각기 다른 장력은 단운비와 한소진을 향해서 곧장 쏘아갔다.

꽈— 앙!

뒤이어 고막을 터뜨려 버릴 듯한 굉장한 폭음이 터져 나왔다.

"흐윽……."

단운비는 울컥 핏덩이를 토하면서 뒤로 튕겨지며 몸으로 거목들을 잇달아 부러뜨렸다.

가슴에 만 근짜리 바위가 무지막지하게 강타된 듯한 엄청난 충격을 받았다.

그는 오 장이나 날아갔다가 땅에 떨어져서 다시 삼 장쯤 더 밀려갔다.

그 상태에서 만약 나무에 부딪치지 않았다면 그대로 강물에 처박혔을 것이다.

"우욱… 욱……."

그는 나무에 눕듯이 비스듬히 기댄 채 검붉은 핏덩이를 마구 토해냈다.

'이건 믿을 수가 없다……. 진아가… 아니, 천마신이 이처럼 고강하다니…….'

팔성의 공력이 실린 적양대신력이 이처럼 어처구니없이 박살 날 것이라곤 추호도 예상하지 못했다.

격돌 이후에 한소진은 어떻게 됐는지 알 수가 없다. 그는 충격을 받고 튕겨지면서 정신을 차리지 못했기 때문에 그녀를 확인할 겨를조차 없었다.

"으음……."

그는 주먹으로 입에서 흐르는 피를 닦으며 비틀거리면서 일어섰다.

바로 뒤에서 철벅이는 물소리가 들렸다. 뒤로 두어 걸음만 가면 강물이다.

그리고 전면 먼 곳에서 독고연지와 청산이 싸우고 있는 소리가 들렸다.

주위를 두리번거리며 살펴봤으나 한소진의 모습은 어디에서도 보이지 않았다.

그래서 그녀가 어딘가에 쓰러져 있을지도 모른다는 생각이 들었다.

단운비 자신이 이 지경이 됐는데 하물며 그녀라고 어찌 온전하겠는가.

그는 우선 자신의 상태를 확인해 보기로 했다. 공력을 끌어올려 운기를 해보았다.

그러나 다행스럽게도 가슴과 복부, 옆구리가 뜨끔거릴 뿐 아무런 이상도 느껴지지 않았다.

후욱!

그 순간 느닷없이 단전 깊은 곳에서 어떤 뜨거운 기운이 불끈거렸다.

"흑!"

그가 배를 움켜잡고 신음을 토하자 입에서 뜨거운 기운이 훅 뿜어졌다.

'뭔가, 이것은?'

이어서 단전의 뜨거운 기운이 격렬하게 꿈틀거리면서 위로 솟구치기 시작했다.

'혹시 이것은……?'

번쩍 그의 뇌리를 스치는 것이 있었다. 지금까지도 완전히 용해되지 않은 귀별금보의 백혈의 효능일지도 모른다는 생각이 들었다.

그것이 단전에 축적되어 있다가 지금에서야 요동치고 있는 것이 아닐까 하는 생각이다.

그런데 어째서 그가 그토록 열심히 운공조식을 하면서 애써도 용해되지 않았던 귀별금보 백혈의 효능이 지금 이 순간에 갑자기 꿈틀거린단 말인가.

어찌 됐든 금방이라도 폭발하려고 하는 이것을 다스리지 않는다면 어떻게 되는지 짐작할 수도 없다.

어쩌면 이대로 선 채 주화입마에 들어서 폐인이 되거나 죽을지도 모른다.

하지만 지금은 운공조식을 할 수 없는 상황이다. 그러다가 한소진이 나타나면 꼼짝도 하지 못하고 고스란히 당할 수밖에 없다.

그렇다고 천우신조로 찾아온 이런 기회를 놓치는 것은 너무도 아깝다.

그가 잠시 이러지도 저러지도 못하고 있을 때, 단전의 뜨거운 기운이 갑자기 빠르게 스러지기 시작했다.

그러더니 어느 순간 방금 전의 그 느낌이 마치 착각이었던 것처럼 아무렇지도 않게 되었다.

'이것은……'

第四十八章

마인(魔人)

풍림화산

"깔깔깔깔깔! 쥐새끼 같은 놈! 여기에 숨어 있었구나!"

쿠와앗!

그 순간 느닷없이 전면 허공에서 낭랑한 웃음소리와 묵직한 파공음이 동시에 터졌다.

"……!"

그곳을 쳐다보던 단운비는 움찔 몸이 굳었다. 어느새 접근했는지 한소진이 허공 삼 장 높이에서 단운비를 향해서 거꾸로 비스듬히 내리꽂히며 쌍장을 발출하고 있었다.

그런데 그녀가 발출한 장력은 여태까지의 수법하고는 판이하게 달랐다.

지금껏은 한 손으로 전개하여 혈광을 발출했으나 이번에는 쌍장을 사용했다.

또한 그녀의 쌍장에서 발출된 것은 단운비로서도 생전 처음 보는 기괴한 것이었다.

그것은 핏빛, 아니, 혈광을 발하는 거대한 빛의 기둥이었다.

그런데 무섭게 소용돌이치고 있었다. 그리고 소용돌이 안에서 뿔이 달린 괴물 같기도 하고 포악한 맹수 같기도 한 무엇 수십 마리가 이를 드러낸 채 포효하고 있었다.

그야말로 악마가 아니고는 만들어낼 수 없는 그런 희대의 마공이 분명하다.

콰콰콰콰—!

단운비는 번쩍 정신을 차리고 다급히 쌍장을 뻗었다.

콰우웅!

미리 준비하지 않았기 때문에 칠성 수준의 적양대신력밖에 뿜어내지 못했다.

단운비는 그것으로는 지금 자신이 보고 있는 저 악마의 마공을 당해내지 못할 것이라는 생각이 들었다.

그때 문득 휘몰아쳐 오는 마공 너머로 한소진의 모습이 언뜻 보였다.

희디흰 백발을 산발하고 상의가 여기저기 마구 찢어졌으며, 입에서 피를 흘리고 있었다. 그녀도 조금 전의 격돌에서 낭패를 당한 것이 분명하다.

하지만 단운비는 그녀의 모습을 보는 순간 두 눈을 감아버리고 싶은 충동을 느꼈다.

반쯤 벌린 입으로는 피 묻은 하얀 이빨을 드러내고, 두 눈에서는 흉흉한 마기를 뿜어내는 모습이 영락없는 악마의 그것이기 때문이었다.

'저것이 진아란 말인가.'

그가 속으로 그런 망연한 생각을 하고 있을 때,

쨔르릉!

전면 허공에서 천번지복의 엄청난 폭음이 터졌다. 두 줄기 경력이 충돌한 것이다.

"흐윽……"

순간 단운비는 두 팔이 부러지고 가슴이 으깨어지는 막심한 통증을 느꼈다.

하지만 그게 다가 아니었다. 단운비의 적양대신력은 한소진이 발출한 소용돌이 마공의 한가운데와 격돌했을 뿐이어서 소용돌이 바깥쪽은 아직 살아 있었다.

콰콰콰아아—!

소용돌이 바깥은 나무들을 부러뜨리고 땅을 파헤치면서 서 있는 단운비를 무지막지하게 휩쓸었다.

"크으으……"

도저히 거스를 수가 없다. 그는 소용돌이에 휘말려 가랑잎처럼 허공으로 날아갔다.

우지직! 콰직!

소용돌이는 십여 그루의 거목을 부러뜨리고 뿌리째 뽑아서 단운비와 함께 허공으로 날려 올렸다.

단운비는 부러진 거목들에 뒤섞여서 허공으로 훌훌 날아가면서도 도저히 균형을 잡거나 지상으로 내려설 수가 없는 상황이었다. 조금 전 격돌의 충격이 아직 가시지 않았기 때문이다.

'으으… 여기에서 벗어나야 한다…….'

그런데 바로 그때 조금 전의 그 뜨거움이 단전에서 다시 불끈 요동을 쳤다.

그 와중에 그는 깨달았다. 자신의 신체가 외부로부터 어떤 강력한 충격을 받으면 귀별금보의 잠재된 효능이 일깨워진다는 사실을.

귀별금보의 잠재된 효능을 깨우는 것은 그의 오랜 숙원이었다. 하지만 지금은 때가 아니다.

그런데 바로 그 순간, 날려가면서 지푸라기처럼 회전하고 있는 나무들 사이에서 거무스름한 물체가 보였다.

"……!"

그것이 한소진이 빠르게 나무들 사이로 쏘아오고 있는 것이라는 사실을 확인한 단운비는 등줄기로 찬바람이 훅 끼치는 섬뜩함을 느꼈다.

그러더니 다음 순간 한소진의 얼굴이 단운비 전면 일 장 거리에 귀신처럼 불쑥 나타났다.

그녀는 입에서 핏물을 줄줄 흘리면서 악마처럼 웃었다.

"크크크… 실력이 제법이구나. 너 같은 놈은 그냥 죽이기 아깝다."

단운비가 어떻게 대처할 사이도 없는 상황에서 한소진의 회디흰 우수가 불쑥 튀어나왔다.

휴르릉!

그녀의 손바닥에서 뿜어져 나오는 것은 여태까지와는 달리 먹물 같은 짙은 흑무다.

뿌악!

"으악!"

흑무 한복판에서 새카맣고 작은 손바닥 하나가 튀어나와 단운비의 가슴 한복판에 작렬했다.

그 충격과 고통이 얼마나 지독한지 그는 찢어지는 비명을 터뜨렸다.

그는 실 끊어진 연처럼 뒤로 쏜살같이 튕겨져 날아갔다.

"크크크크… 네놈의 몸에 마기를 심어서 내 종으로 만들어 야겠다!"

한소진은 뺨을 씰룩거리면서 웃으며 날아가는 단운비를 향해 쏘아갔다.

그녀는 입고 있는 옷이 거의 갈가리 찢어졌으며 입과 코, 귀에서 피가 흘러나오고 있었다.

그녀 역시 가볍지 않은 내상을 입었으나 추호도 고통스러운 표정을 짓지 않았다. 아예 고통을 모르는 듯했다.

"요망한 년!"

쐐애액!

그 순간 한소진의 뒤쪽에서 서릿발 같은 호통이 터졌다.

순간 한소진은 번개같이 뒤돌아보는 것과 동시에 호통이 터진 곳을 향해 왼손을 휘둘렀다.

그녀의 뒤쪽 머리 위에서 독고연지가 두 손으로 잡은 검을 힘차게 그어 내리고 있었다.

한소진은 내상을 입은 상태에다가 방금 단운비를 격퇴시켰기 때문에 독고연지가 등 뒤에 나타난 것을 추호도 모르고 있었다. 만약 평소였다면 어림도 없는 일이다.

독고연지의 검에서 뿜어지는 것은 세로로 세워진 금빛 반월 같은 검기.

바로 금검보의 성명절기인 금검파천의 마지막 절초다.

키이잉!

쿠앗!

독고연지의 검기와 한소진의 혈광이 서로 부딪칠 듯이 교차하면서 스쳐 지나갔다.

카가각!

퍼억!

"아악!"

가슴 한복판에 정통으로 혈광이 적중된 독고연지는 찢어지는 비명을 지르며 뒤로 날아갔다.

그리고 한소진은 왼쪽 등이 길게 세로로 베어져서 콸콸 피를 쏟아냈다.

독고연지의 일검은 한소진의 호신강기를 여지없이 파훼하며 등을 가른 것이다.

한소진은 아스라이 날아가는 독고연지를 보다가 다시 시선을 돌렸다.

조금 전에 단운비가 날아간 방향이다. 하지만 그는 보이지 않았다. 아마 강물에 추락했을 것이다.

조금 전에 그녀가 단운비에게 적중시킨 일장에는 마기가 응축되어 있었다.

그 마기는 한소진이 아니면 절대로 해독하지 못한다. 그녀는 그것을 이용해서 단운비를 조종하여 자신의 종으로 만들려는 심산이다.

그의 무공이 뛰어나기 때문에 종으로 삼으면 쓸모가 많을 것이라는 생각에서다.

하지만 방금 독고연지에게 당한 일검이 심상치가 않다. 그 정도 계집의 검이 설마 호신강기를 파훼할 줄은 예상하지 못했다.

피가 너무 많이 쏟아지고 있으며 빠르게 진기가 빠져나가고 있기 때문에 당장 손을 써야만 한다.

무리해서 단운비를 찾으려다가는 뜻하지 않은 낭패를 당할 수도 있다.

혈이와 혈삼, 그리고 다른 수하들이 합세하여 그녀를 죽일지도 모르는 일이다.

평소 그녀가 주장하는 지론은 약육강식(弱肉强食)이다. 오로지 강자만이 살아남는다.

그리고 최고 강자가 독천, 아니, 비소도(飛素島)의 도주가 되는 것이다. 누구라도 한소진을 죽이면 그 즉시 도주가 될 수 있다.

그녀는 삼천존을 죽이고 자신이 독천의 주인이 됐으므로, 누구든지 그럴 수 있다고 생각한다.

슷.

한소진은 천천히 지상에 내려섰다. 그런데 자신의 의지하고는 달리 가볍게 몸이 휘청거렸다.

단운비와의 몇 차례 격돌에서 내상을 입은데다 방금 독고연지의 일검이 치명적이었다.

매에는 장사가 없는 법이다. 신이 아닌 이상 두들겨 맞으면 그만큼 대가를 치러야만 한다.

턱!

그녀는 등을 나무에 기댔다. 그러나 온몸에 힘이 빠져서 그대로 스르르 주저앉고 말았다.

그녀는 아직 완벽한 천마신이 되지 못했다. 천마신을 이루면 금강불괴지신이 된다.

그러면 그 어떠한 공격도 그녀의 몸에 터럭만 한 흠집조차 내지 못한다. 말 그대로 천하무적이 되는 것이다.

한소진은 우선 급한 대로 운공을 해서 지혈하고 내상을 다스려야겠다고 생각했다.

그러는 데 걸리는 시간은 열 호흡 정도면 충분하다. 정식 운공조식이 아니라 치료를 위한 운공이기 때문이다. 다른 무림 고수라면 한나절 이상 치료해야 하지만 그녀는 열 호흡이면 된다. 천마신에 가까운 상태이기 때문이다.

그런데 그녀가 자세를 잡고 막 운공에 들어갔을 때 바로 등 뒤에서 조용한 목소리가 들렸다.

"도주, 다치셨습니까?"

어느새 뒤로 다가온 혈삼 살모사의 목소리다. 하지만 한소진은 조금도 놀라지 않았다.

천마신공을 연공하면 고통을 모를뿐더러 희로애락을 전혀 느끼지 못한다.

한소진은 막 운공에 진입했기 때문에 갑자기 끝낼 수가 없다. 아무리 빨라도 열 호흡이 지나야 끝난다.

그녀는 살모사의 의도를 정확하게 간파할 수 있었다. 놈은 그녀를 죽이려고 할 것이다.

그러면 약육강식의 법칙에 따라서 그가 자연히 비소도의 새로운 도주가 된다.

"이런, 피가 너무 많이 흐르는군요."

살모사는 이죽거리면서 한소진에게 손을 뻗었다.

"제가 고통을 덜어드리겠습니다."

파파파팍!

순간 그는 번개같이 한소진의 상체 열 군데 혈도를 점했다. 천마신공의 특수한 점혈 수법이라서 죽었다 깨어나도 해혈할 수 없다.

'이놈……!'

한소진의 눈썹이 치켜올라 갔다.

"흐흐… 내 말을 고분고분 잘 들으면 죽이지 않겠다."

본색을 드러낸 살모사는 한소진을 번쩍 안아서 어깨에 걸쳐 메고는 으슥한 곳으로 걸어갔다.

"흐흐흐… 내 마누라가 되면 매일 최고의 쾌락과 행복을 맛보게 해주마. 어디 오늘은 길부터 내보자."

'이놈이 나를 욕보이려고…….'

한소진은 살모사의 의도를 즉시 알아차렸다. 그러나 혈도가 제압되었기 때문에 움직이는 것은 고사하고 말조차 할 수 없는 상황이라 두 눈만 잔뜩 부릅뜰 뿐이다.

찌이익! 찍!

나무들이 밀생한 어두컴컴한 곳에 한소진을 눕힌 살모사는 다짜고짜 그녀의 옷을 갈가리 찢어발겼다.

잠시 후 한소진은 실오라기 한 올 걸치지 않은 전라의 모습이 되었다.

"흐흐흐… 기가 막힌 우물(尤物)이로구나."

살모사는 누워 있는 그녀의 몸 위에 다리를 벌리고 우뚝 서서 굽어보며 눈을 희번덕였다.

한소진은 원래 흰 살결인데 천마신공을 연공한 덕분에 백옥처럼 더 희어졌다.

또한 군살 한 점 없는 몸이다. 풍만한 젖가슴과 잘록한 허리와 늘씬하게 뻗은 다리, 그리고 약간 벌리고 있는 허벅지 안쪽의 무성한 검은 수풀 등은 보는 사람을 숨 막히게 만들기에 충분했다.

"으으… 사람 미치게 만드는구나."

아직 천마신공이 완숙한 경지에 이르지 못한 살모사는 희로애락에서 자유롭지가 못한 상태다.

그는 솟구치는 격렬한 흥분을 억누르지 못하고 서둘러 자신의 옷을 벗었다.

"으흐흐… 너 같은 우물을 내 것으로 만들 수 있다면 당장 죽어도 여한이 없겠다."

그는 벌거벗은 몸으로 한소진의 나신 위로 서둘러서 엎드려 그녀의 젖가슴을 한입 크게 배어 물고는 손으로는 거칠게 다리를 활짝 벌렸다.

이어서 다급하게 자신의 한껏 발기한 음경을 그녀의 음부로 가져가며 조준을 했다.

한소진은 싸늘한 표정으로 살모사를 쏘아보았다. 천마신에 거의 도달한 그녀는 순결이나 수치심 따위를 중요하게 여기지 않는다.

다만 살모사의 배신과 지금 행위에 대해서 분노를 느끼고 있을 뿐이다.

"크흐흐… 이제 너는 내 거다. 내 여자가 되는 거다."

조준을 끝낸 살모사는 허리에 힘을 주면서 음경을 진입시키려고 하며 득의하게 중얼거렸다.

이제 잠시 후면 이 천하에 짝을 찾아보기 어려울 정도로 아름다운 여자가 자신의 소유가 된다는 생각을 하자 입이 있는 대로 벌어졌다.

평소에 한소진의 미모에 홀딱 반해서 욕정을 품은 채 기회를 노리고 있었는데 이렇게 빨리 찾아올 줄은 몰랐다.

그런데 그는 잔뜩 벌어진 입을 더 벌렸다. 하지만 얼굴에 떠올라 있는 것은 흥분이 아니라 경악과 불신이다.

또한 한소진의 옥문 속으로 막 미끄러져 들어가려던 그의 음경은 딱 멈추어진 상태다. 넣을 수가 없다. 힘을 줄 수가 없기 때문이다.

"끄으……."

그리고는 입에서 짓이긴 듯한 신음이 흘러나왔다.

뿌득.

그때 그의 가슴속에서 뼈와 살이 찢어지고 부서지는 듯한 음향이 들렸다.

투우.

그러더니 가슴 한복판으로 날선 검첨이 툭 튀어나왔다.

살모사는 자신의 가슴을 굽어보았다. 삐져 나온 검첨을 타고 새빨간 피가 방울방울 흘러내려 한소진의 뽀얀 가슴으로 떨어지고 있었다.

그는 엉거주춤한 자세로 비틀거리면서 일어나며 뒤를 돌아보려고 애썼으나 여의치가 않았다. 등을 관통하여 가슴으로 삐져 나온 검 때문이었다.

"괜찮으십니까, 도주?"

그때 일어서 있는 살모사 뒤에서 맑은 목소리가 들렸다.

목소리의 주인이 옆으로 몸을 틀자 살모사도 따라서 옆으로 비켜났다.

한소진은 그제야 눈앞의 상황을 보게 되었다. 혈이가 검으로 살모사의 등 한복판을 깊숙이 찌르고 있는 광경이었다. 살모사는 검에 꿰인 채 꼼짝도 할 수 없는 처지였다.

파파팍!

혈이는 지풍을 날려 한소진의 제압된 혈도를 풀어주었다.

"일어나실 수 있습니까?"

혈이가 다시 물었다. 그는 무당파 장문인의 제자였으며, 천하제일 대학자의 아들이었다. 그런 만큼 그의 수양은 깊고 지식은 태산 같다.

한소진은 혈이가 자신을 죽일 뜻이 없다는 것을 간파했다. 죽이려고 마음먹었다면 저따위 말은 하지 않을 것이다. 하지만 그것에 대해서 고마움을 느끼지는 않았다.

그녀는 벌떡 일어나 살모사 앞에 다리를 약간 벌린 자세로 우뚝 섰다.

눈이 멀어버릴 듯 아름다운 나신이지만 추호도 부끄러워하지 않았다.

한소진을 쳐다보는 살모사의 얼굴에 더할 수 없이 비굴한 웃음이 떠올랐다.

"헤헤헤… 제가 도주께 장난을 좀 쳐봤습니다. 지나쳤다면 용서하십시오. 네…….."

슥—

한소진은 싸늘한 얼굴로 손을 뻗어 살모사의 가슴 한복판에

삐져 나온 검첨을 움켜잡았다.

푸악!

"으악!"

이어서 슬쩍 잡아당기자 검이 통째로 뽑혔다. 빠져나오면서 칼코등이와 검파가 살모사의 등과 가슴을 관통해서 커다란 구멍을 뚫어놓았다.

"으으……."

살모사는 피가 콸콸 쏟아지는 자신의 가슴을 일그러진 얼굴로 내려다보았다.

"으으… 도주……."

그는 한소진을 쳐다보다가 눈을 부릅떴다. 그녀의 손에 쥐어진 검이 자신을 향해 그어지면서 수십 줄기의 검영을 만들어내고 있었다.

스파파파.

"끄아악!"

무수한 검영들이 살모사의 몸을 덮치더니 그의 온몸이 조각조각 분해되어 흩어졌다.

팔다리는 물론이고 목이 잘려졌으며, 머리와 상체, 하체도 수십 조각으로 잘라져서 허공에 떠올랐다가 후드득 땅에 떨어졌다.

휙!

한소진은 검을 혈이에게 슬쩍 던져 주고는 성큼성큼 걸음을 옮겼다.

그녀가 가고 있는 방향은 조금 전에 단운비가 날아갔던 곳이다. 그를 찾으러 가는 것이다.

그녀는 혈이에게 고맙다는 말을 일언반구도 하지 않았다.

혈이 또한 공치사를 원하지 않는다. 그는 진심으로 한소진을 사랑하고 있었기 때문이다.

                    *   *   *

정주 외곽의 어느 객잔.

이층의 어느 객방에 조금 전 단운비와 독고연지, 청산이 함께 들었다.

한소진과 혈이, 혈삼과 치열하게 싸운 세 사람 모두 참담한 모습이다. 하지만 그중에서도 단운비가 제일 심각했다.

이곳 객방에 들어설 때까지만 해도 그는 제 발로 걸을 수 있었으나 지금은 침상에 누운 채 낮은 신음을 흘리면서 몸부림치고 있는 중이었다.

"흐으으……."

인내심이 남달리 강한 그가 온몸을 떨면서 신음을 흘릴 정도면 고통이 어느 정도인지 짐작할 수 있었다.

침상 곁에 서 있는 독고연지와 청산은 안절부절 어찌할 바를 몰라 하며 지켜보기만 할 뿐이었다.

단운비의 겉으로 드러난 얼굴과 두 손은 거무스름하게 변해 있었다. 옷을 벗기면 아마 온몸이 그럴 것이다.

한소진의 마지막 일장에 마기가 실려 있었기 때문이다. 현재 마기가 그의 온몸으로 퍼져 나가고 있는 중이었다.

그는 전력으로 마기와 싸우고 있다. 온몸에 퍼지는 것을 막고 있는 것이다.

하지만 역부족이다. 마기는 현재 그의 몸 칠할 정도를 잠식한 상태에서 조금씩 더 세력을 넓히고 있었다.

마기가 그의 온몸을 지배하게 되면 그는 어쩔 수 없이 마인이 되고 만다.

만약 마인이 되기 전에 한소진이 손을 썼다면 영락없이 그녀의 종이 됐을 것이다.

하지만 다행히 그전에 청산이 그를 구해서 도주를 했다. 그러나 마인이 되는 것은 변함이 없다. 다만 누구에게도 구속되지 않는 마인이 될 뿐이다.

단운비는 귀별금보의 백혈을 많이 복용했기 때문에 만독불침의 몸이 됐으나 마기에는 속수무책이었다.

"크으으… 청산……."

그때 단운비가 애끓는 목소리로 간신히 입을 열었다.

"말씀하십시오, 주군."

청산은 참담한 표정으로 허리를 굽혀 얼굴을 단운비에게 가까이 가져갔다.

단운비는 눈의 흰자위도 검게 변하고 있었다. 그는 상처 입은 짐승처럼 그르렁거리는 소리를 흘려냈다.

"크으으… 내가 이상한 짓을… 하거든… 죽여라……."

"주군!"

청산은 놀라서 비통한 표정을 지었다.

"크크으… 내가 마인이 되면… 나를… 죽여라……."

"……."

청산은 물론 독고연지까지도 대경실색해서 아무런 말도 하지 못했다.

"주, 주군……."

한참 만에야 청산은 억눌린 듯한 목소리로 겨우 입을 열었다.

"그런 말씀일랑 하지 마시고 어서 운기하셔서 마기를 몰아내십시오."

단운비는 고통으로 일그러진 얼굴을 더욱 일그러뜨렸다.

"너는… 내가 마인이 되어 악… 행을 저지르는 모습을 보고 싶은 것이냐?"

"그래도 속하는 못합니다."

청산은 고개를 세차게 흔들었다. 그러자 눈물이 후드득 좌우로 뿌려졌다.

어찌 자신의 손으로 주군을 죽일 수 있단 말인가. 생각하는 것만으로도 가슴이 찢어질 것만 같았다.

"청산……."

단운비의 입에서 시커먼 흑무가 꾸물꾸물 흘러나와서 말을 잇지 못했다.

[하겠다고 하세요.]

그때 청산의 귀에 독고연지의 전음이 전해졌다.

청산이 쳐다보자 그녀는 냉정을 잃지 않으려고 애쓰는 모습으로 입술을 꼭 깨물고 전음을 이었다.

[당신에게 말을 하는 동안 단 상공은 운기를 하지 못해서 마기가 더 빨리 퍼지고 있어요.]

청산은 움찔 놀라 급히 단운비를 보고는 독고연지의 말이 맞다는 것을 깨달았다.

단운비는 청산에게 말을 하느라 운기를 하지 못해서 조금 전보다 얼굴이 더 검게 변해 있었다.

"크으으… 청산… 내가… 얼마나 더 흉한 모습을 보여야……."

"알겠습니다. 주군께서 마인이 되시면 속하가 주군을 죽… 이겠습니다."

마음이 급한 청산은 단운비의 말을 자르고 이를 악물 듯이 말했다.

"고… 맙다……."

단운비는 눈에서조차 뿌연 흑무를 흘리면서 더듬거렸다.

청산은 주군에게 고맙다는 말을 방금 처음 들었다. 주군을 죽여야 하는 배덕한 약속을 하고서 들은 말이다.

그는 자신이 주군을 위해서 아무것도 해준 일이 없는데, 이제는 그를 죽여야 할 처지에 놓인 것이 실로 저주스러웠다.

단운비는 눈을 질끈 감고 두 주먹을 부서질 듯이 움켜쥔 채 몸을 와들와들 떨면서 마기와 싸웠다. 그러나 운기하면 할수록 마기는 점점 더 그의 몸을 잠식해 갔다.

그를 지켜보는 독고연지와 청산은 그가 결국에는 마기를 이기지 못할 것이라고 생각했다.

지켜보고 있는 동안에도 그의 몸이 점점 더 검어지고 있었기 때문이다.

독고연지는 입술을 꼭 깨물고 눈도 깜빡이지 않으면서 단운비를 주시했다. 무언가를 깊이 생각하고 있는 모습이다.

청산은 굵은 눈물을 뚝뚝 흘릴 뿐 아무런 대책도 없이 발만 구르고 있었다.

"나가세요."

그때 독고연지가 나직이 불쑥 말하자 청산이 힐끗 그녀를 쳐다보았다.

"빨리 나가요."

"소저……."

독고연지는 결연한 표정으로 말했다.

"제가 해보겠어요."

"……."

청산은 움찔했다. 그녀가 무엇을 하려는 것인지 즉시 간파했기 때문이다.

그녀는 자신을 희생시켜서 단운비를 구하려는 것이다. 그 방법에 대해서도 청산은 짐작할 수 있었다.

그는 핏발이 곤두선 눈으로 독고연지를 쏘아보았다. 그러면서도 그러지 말라고 만류하지 않았다.

그에게는 단운비가 더 소중한 사람이기 때문이다. 그래서 독고연지가 자신을 희생하여 단운비를 살리려고 하는 것을 말리지 못하는 것이다.

아니, 그녀가 하지 않겠다고 해도 하라고 등을 떠밀고 싶은 심정이었다.

"어서 나가요. 시간이 없어요."

독고연지가 재촉하자 청산은 뚫어지게 그녀를 주시하다가 공손히 허리를 굽혀 예를 취했다. 이어서 몸을 돌려 성큼성큼 방을 나갔다.

'용서하십시오, 독고 소저.'

第四十九章

낙양에 돌아오다

풍림화산

독고연지는 침상 앞에 나신이 되어 서 있었다.

그리고 단운비는 그녀에게 혈도가 제압된 상태에서 역시 알몸이 되어 침상에 누워 있다.

그런데 독고연지는 모질게 결심을 했는데도 불구하고 막상 결행을 하려니까 망설여졌다.

단운비를 살려내고 나면 대신 자신이 마인이 되거나 죽어야만 하기 때문이다. 이런 극적인 상황에서 갈등을 하지 않는다면 인간이 아니다.

목숨이란 누구에게나 소중한 것이다. 하지만 능력이란 모두가 평등하지 않다.

독고연지에겐 한소진과 독천을 괴멸시킬 능력이 없지만, 단운비는 지니고 있다.

그러므로 지금 필요한 사람은 단운비다. 그가 있어야지만 무림에 불어닥친 혈풍을 막을 수가 있다.

그리고 그는 독고연지의 정혼자가 아닌가. 무엇보다도 정혼자가 마인이 되는 것을 지켜볼 수가 없는 것이다.

독고연지는 단운비를 바라보았다. 그는 마혈과 아혈이 제압되어 움직이지 못하고 말을 할 수는 없으나 정신은 깨어 있는 상태다.

하지만 깨어 있는 정신이라고 해도 마기에 거의 점령당해서 비몽사몽이다.

그의 크게 벌린 입에서는 짙은 흑무가 뭉클뭉클 뿜어져 나오고, 부릅뜬 두 눈은 이미 시커멓게 변한 채 검은 액체가 꾸역꾸역 흘러나왔다.

그는 더 이상 고통을 느끼지 않는 듯했다. 고통의 한계를 넘어서 버렸기 때문이다.

독고연지는 더 이상 지체할 수가 없음을 깨달았다. 자칫 시기를 놓쳐서 단운비가 마인이 돼버리면 천추의 한을 남기게 될 터이다.

그녀는 천천히 침상으로 다가갔다. 이어서 단운비의 음경을 굽어보았다.

그것은 힘을 잃고 늘어져 있었다. 그 상태로는 일을 치를 수가 없을 것이다.

그녀의 의도는 단운비와 정사를 해서 그의 체내에 있는 마기를 자신의 몸으로 받아내려는 것이다. 즉, 단운비 대신 그녀가 마인이 되려는 것이다.

그녀는 손을 뻗어 단운비의 음경을 잡았다. 이어서 진기를 일으켜 그의 체내에 가득한 마기를 음경으로 끌어당기려고 애썼다.

그녀의 손 안에서 음경이 점점 커지면서 검어졌다. 흥분 때문이 아니라 마기가 모이기 때문이다.

그러더니 어느 순간 더 이상 커질 수 없을 정도가 되었으며 먹물을 흠뻑 칠한 것처럼 새카매졌다.

독고연지는 그것을 보다가 울컥 슬픔이 치밀었다.

그녀의 소망은 신룡문과 금검보 그리고 무림의 많은 사람들의 축하를 받으면서 정혼자인 단운비와 성대한 혼례를 올리는 것이었다.

이런 식으로 아무의 축하도 받지 못한 채 정신도 차리지 못하고 있는 정혼자와 몸을 섞는 비참한 신세가 될 줄은 꿈에도 몰랐다.

눈물이 솟아 나와 그녀의 창백한 뺨을 타고 방울방울 흘러내렸다. 단운비가 살아나고 그녀가 마인이 되면 세상이 어떻게 변할까.

어쩌면 단운비는 마인이 된 그녀를 죽이게 될 것이다. 아니, 필경 그럴 터이다.

그녀가 미워서가 아니라 마인이 됐기 때문에 눈물을 머금고 죽여야만 하는 것이다.

정혼자와 평생 백년해로하는 독고연지의 꿈은 물거품이 돼버리고, 이제 정혼자의 손에 죽는 것을 위로로 삼아야 하는 처지다.

부르르.

그때 단운비가 갑자기 온몸을 격렬하게 떨어대기 시작했다. 두 눈과 코, 입, 칠공에서 검은 액체가 마구 쏟아져 나왔다. 마기가 절정에 달했음을 나타내는 것이다.

그리고 독고연지가 잡고 있는 그의 음경은 당장이라도 터질 듯이 잔뜩 커진 채 돌처럼 단단해졌다.

'이럴 때가 아니다!'

그녀는 번쩍 정신을 차리고 허둥지둥 단운비의 몸 위로 올라가서 하체에 걸터앉았다.

하지만 거기에서 막혔다. 그녀는 순결한 몸이고 또 평소에 남녀의 정사 같은 것에는 추호도 흥미가 없었기 때문에 이런 상황에서 어찌해야 하는지 난감했다.

단지 가장 기초적인 상식, 즉 정사라는 것은 남녀의 생식기가 결합해야 한다는 정도만 알고 있는 그녀다.

그러므로 지금은 그 기초적인 상식에 입각하여 행동할 수밖에 없는 상황이었다.

단운비가 워낙 온몸을 떨어대고 있기 때문에 그의 음경 위에 걸터앉은 자세를 취한 그녀는 한 손으로 그의 음경을 붙잡고 진땀을 흘리고 있었다.

지금은 순정이나 두근거림 같은 것이 있을 리가 없다. 한시바삐 저 거대한 물체를 자신의 옥문에 삽입해야 한다는 다급

함뿐이었다.

"아아……."

그녀의 입이 벌어지면서 신음이 새어나왔다.

가장 소중한 곳으로 가장 거대한 고통이 쏟아져 들어오기 시작했다.

그녀는 온몸이 산산이 해체되는 느낌을 받으며 처절한 비명을 터뜨렸다.

"아악!"

찢어지는 듯한 독고연지의 비명 소리에 청산은 질끈 두 눈을 감았다.

독고연지에 대한 죄스러움과 단운비에 대한 염려가 한데 뒤엉켜 범벅이 되어 그는 제자리에 서 있지 못하고 낭하에서 서성거렸다.

그렇게 일다경이 지났다. 실내에서 아무런 소리도 들리지 않자 청산은 조심스럽게 방문을 열고 실내를 들여다보다가 눈을 크게 떴다.

"……!"

침상의 광경이 한눈에 들어왔다. 단운비는 알몸으로 반듯한 자세로 누워 있으며, 그 위에 역시 나신의 독고연지가 단운비의 하체에 걸터앉은 자세로 그의 상체에 엎드려 있는 광경이다.

그런데 놀라운 광경이 벌어지고 있었다. 단운비의 몸이 빠르게 희어지고 있는 중이었다.

반면에 독고연지의 몸이 둔부 부위에서부터 점점 검어지고 있었다.

그것을 본 청산은 두 사람이 아직도 결합된 상태이며, 그 결합된 부위를 통해서 단운비 체내의 마기가 독고연지에게 전해지고 있다는 사실을 깨달았다.

단운비 몸에 엎드려 있는 독고연지는 우연히도 방문 쪽을 보고 있었는데 청산과 눈이 딱 마주쳤다.

그녀의 얼굴에 처연하고 슬픈 표정이 떠올라 있는 것을 발견한 청산은 가슴을 도려내는 듯이 괴로웠다.

탁!

그는 얼른 방문을 닫고 벽에 등을 대고 고개를 들어 천장을 올려다보았다.

'죄송합니다, 독고 소저…….'

눈을 감고 있는 단운비는 정신이 돌아오기 시작하자 제일 먼저 자신이 마기로 인해서 극심한 고통에 몸부림쳤던 기억이 떠올랐다.

그런데 지금은 마음이 너무도 평온하고 정신은 깨끗했다. 또한 추호의 고통도 느껴지지 않았다.

'어떻게 된 것인가? 이미 마인이 돼버린 것인가?'

초조한 심정으로 천천히 눈을 떴다. 그 순간 움찔 놀라 눈을 크게 떴다.

"……!"

누군가의 머리가 보였기 때문이다. 그리고 누군가 자신의 몸 위에 엎드려 있다는 사실을 깨닫는 데에는 그리 오랜 시간이 걸리지 않았다.

움찔 놀라서 상체를 일으키려던 그는 뚝 멈추었다. 다른 느낌을 받은 것이다. 자신의 음경이 어딘가에 단단하게 조여지고 있는 느낌이다.

그는 그 자세 그대로 손을 들어 올려 자신의 몸 위에 엎드려 있는 사람의 어깨를 잡고 가만히 들어 올렸다.

'독고연지!'

순간 그는 움찔 놀랐다. 눈을 꼭 감고 있는 독고연지의 얼굴을 발견한 것이다.

그런데 그보다 더 놀란 것은, 그녀의 얼굴이 거무스름하게 변해 있었기 때문이다.

그 순간 그는 어떻게 된 일인지 해연히 깨닫고 나직한 탄성을 터뜨렸다.

"아……."

독고연지가 정사라는 극단적인 방법으로 단운비 자신의 마기를 흡수한 것이다. 그래서 그녀의 얼굴이 거무스름하게 변하고 있는 것이다.

단운비로서는 추호도 예상하지 못했던 일이다. 독고연지가 어떻게 자신의 몸을 희생해서 단운비를 구할 생각을 했단 말인가.

단운비라면 절대로 그런 일은 하지 못한다. 아니, 하지 않는다. 그런 미친 짓을 왜 하겠는가.

설혹 독고연지가 눈앞에서 가장 처참한 모습으로 죽어간다고 해도, 그리고 그녀를 살리려면 팔 하나를 잘라야 한다고 해도 그는 그러지 않았을 것이다.

그런데 독고연지는 그보다 더한 일을 했다. 마기 때문에 단운비가 얼마나 고통스러워하는지를 똑똑히 보고서도, 그리고 그 결과가 무엇인지를 잘 알면서도 그녀는 단운비에게서 거침없이 마기를 가져갔다.

그녀가 행한 일은 정사라고도 할 수 없다. 마인이 되어가느라 고통에 몸부림치고 있는 남자의 음경을 순결한 몸으로 발기시키고 그것을 자신의 몸에 삽입, 아니, 억지로 구겨 넣은 그 행위를 어찌 정사라고 할 수 있겠는가. 그것은 단지 처음부터 끝까지 '희생'일 수밖에 없는 것이다.

더구나 단운비는 그녀에게 자신이 사랑하는 여자는 한소진뿐이며, 독고연지는 자신에게 아무런 의미가 없다고까지 단언하지 않았었는가.

그랬던 그를 위해서 그녀는 스스로를 희생시켰다. 대체 무엇을 바라고 그랬겠는가.

단운비가 그녀의 숭고한 희생을 알아주기를 원했을까? 아니다. 그건 아닐 것이다.

이제 곧 그녀는 마인이 될 텐데, 그래서 단운비의 손에 죽임을 당할 텐데, 희생을 알아주는 것 따위가 무슨 소용이란 말인가.

단운비가 그토록 사랑하던 한소진은 그에게 돌이킬 수 없는 악행을 저질렀다.

그런데 그가 길가에 떨어져 있는 돌처럼 관심도 주지 않았던 독고연지는 그를 살리고 대신 죽어가고 있다. 도대체 이것을 어떻게 이해하면 좋단 말인가.

"단 상공……."

그때 독고연지가 사르르 눈을 뜨고 그를 바라보았다.

"연지……."

단운비는 가슴이 미어지는 심정으로 그녀를 불렀다.

독고연지의 얼굴은 이미 많이 검어졌으며 눈의 흰자위도 거의 사라진 상태다.

그런데 그녀가 미소를 지었다. 억지스러운 미소가 아니라 진심에서 우러나는 아름다운 미소다.

"다행이에요."

단운비가 되살아나서 다행이라는 뜻이다. 그런데 그런 그녀의 진심 어린 마음이 오히려 단운비를 분해시켜 버릴 것처럼 괴롭혔다.

"연지, 나는……."

"소녀는 마인이 되고 싶지 않아요. 아니, 마인이 된 모습을 단 상공에게 보이고 싶지 않아요."

그녀가 말을 할 때마다 입에서 뭉클뭉클 흑무가 매캐한 연기처럼 흘러나왔다.

"단 상공이 원했던 것처럼… 소녀도 그렇게 해주세요."

죽여달라는 얘기다.

"연지……."

가슴이 꽉 막힌 단운비는 그녀의 이름만 부를 뿐 뭐라고 말할 수가 없었다.

"아……."

그때 독고연지가 몸을 바르르 떨면서 단운비의 몸 위에 푹 엎어지며 정신을 잃었다.

단운비는 정신을 번쩍 차렸다.

'이렇게 있어서는 안 된다. 무엇이든 해보자.'

그는 두 손으로 독고연지의 양어깨를 잡고 조심스럽게 들어올려 옆으로 눕혔다.

그 과정에서 그의 음경이 그녀의 옥문에서 빠졌다. 그는 순결지신을 의미하는 앵혈이 흠뻑 묻은 자신의 음경을 착잡한 표정으로 쳐다보았다.

그는 동정이었고, 그녀는 순결이었다.

청산이 조심스럽게 문을 열었을 때 단운비는 벌거벗은 채 침상에 누워 있는 독고연지와 비지땀을 흘리면서 씨름을 하고 있었다. 물론 그녀도 나신이다.

그 광경을 보는 청산의 얼굴에 기쁜 표정이 떠올랐다. 단운비가 소생했기 때문이다.

그러나 그는 독고연지의 몸이 먹물처럼 새카맣게 변한 것을 발견하고 곧 어두운 표정을 지었다. 역시 좋은 일은 두 가지가 함께 오지 않는 모양이다.

청산은 감히 두 사람의 나신을 볼 수가 없어서 다시 조용히 밖으로 나갔다.

그는 한 시진 후에 다시 살며시 방문을 열었다. 단운비는 여전히 벌거벗은 모습이지만 아까와는 달리 침상에 걸터앉아 독고연지를 물끄러미 굽어보고 있었다.

독고연지는 이불을 덮고 있었는데 얼굴이 거무스름했다. 본래의 얼굴도 아니고 마기가 짙게 물든 모습도 아니었다. 그녀의 체내에서 마기가 진행 중에 멈춘 듯했다.

청산은 그걸 보고 단운비가 어떻게든 손을 썼다는 사실을 깨닫고 적이 안도한 표정을 지었다.

만약 독고연지가 잘못됐다면 단운비는 필경 크게 상심하면서 살아갈 것이다.

청산은 단운비의 대쪽처럼 곧은 성품을 잘 알고 있었다. 만약 독고연지가 마인이 된다면, 그래서 어쩔 수 없이 그녀를 죽여야만 한다면 단운비는 평생 무거운 짐을 가슴에 안고 살아갈 수밖에 없을 것이다.

단운비만큼은 아니더라도 청산 역시 죄책감에서 자유롭지 못할 터이다.

그녀가 단운비를 구하겠다고 나섰을 때, 청산은 그녀를 만류하기는커녕 오히려 기뻐했었다.

다시 그런 상황이 된다고 해도 변하는 것은 없을 테지만, 죄책감 역시 변함이 없을 것이다.

청산은 단운비 옆에 서서 조심스럽게 그를 쳐다보았다.

그는 몹시 지친데다 자책 어린 표정을 짓고 있었다. 그가 왜 그런 표정을 짓는지 청산은 짐작이 갔다.

일의 발단은 단운비에게 있었다. 천마신이 된 한소진에게 끝까지 미련이 남아서, 독고연지가 그녀를 제압하라고 애타게 요구했는데도 듣지 않았었다.

그 밖에도 단운비의 실수는 한두 가지가 아니었다. 그때마다 독고연지가 일깨워 주었는데도 결국 그의 고집과 실수가 빌미가 되어 이 지경에 이른 것이다.

반대로 독고연지의 말을 들었다면 이런 일은 벌어지지 않았을 것이라는 얘기가 된다.

단운비가 한소진의 마기에 당한 것은 어떻게 보면 자업자득이라고 할 수 있다.

하지만 결국 일을 저지른 그는 무사하고 아무런 잘못도 없는 독고연지가 죽어가고 있는 상황이었다.

단운비는 그것이 견딜 수 없는 것이다. 그리고 자신이 독고연지를 냉대했던 일이 생각나서 그를 괴롭혔다.

"주군."

청산이 조심스럽게 불렀는데도 단운비는 듣지 못하고 계속 독고연지만 주시하고 있었다.

"후우⋯⋯."

그로부터 일각이 지나서야 단운비는 땅이 꺼질 듯한 긴 한숨을 토해내면서 독고연지에게서 시선을 거두다가 그제야 옆에 서 있는 청산을 발견했다.

청산은 밖에서 기다리는 동안에 구해온 두 벌의 옷 중에서 한 벌을 공손히 내밀었다.

단운비가 묵묵히 옷을 입는 동안 청산은 독고연지의 상태를 살펴보았다.

깔끔한 청의단삼으로 갈아입은 단운비가 독고연지를 보며 씁쓸히 설명해 주었다.

"일단 마기가 더 이상 퍼지지 않게만 해두었다. 지켜보면서 방법을 찾아야지."

"네."

청산은 의미없이 고개를 끄덕였다.

"한숨 푹 자고 나면 정신이 들 테니까 그때 출발하자."

청산이 어디로 가느냐는 얼굴로 쳐다보자 단운비는 짧게 툭 내뱉었다.

"낙양."

그때 청산은 그의 눈 속에서 새파란 불길이 일렁이는 것을 발견했다.

단운비는 마침내 떠난 지 삼 년여 만에 고향 땅인 낙양성의 땅을 밟았다.

독고연지의 일이 아니라면 여러 가지 복잡한 감회에 사로잡혔을 것이다.

하지만 지금 그의 머릿속은 그녀를 치료해야 한다는 일념만이 가득 들어차 있었다.

낙양성 대로는 예나 지금이나 걷는 것이 어려울 정도로 인산인해를 이루고 있었다.

낙양성 기루에서 납치됐을 당시에 십칠 세 소년이었던 단운비는 삼 년이 조금 넘은 지금 체구도 더 커지고 훤칠한 청년으로 변모한 모습이다.

단운비와 청산, 독고연지는 낙양성 번화가를 걸어가고 있는 중이었다.

단운비는 독고연지를 업고 있다. 그녀는 얇은 천으로 얼굴을 가렸다. 얼굴이 회색으로 변해 있기 때문이다.

그녀는 단운비의 상의로 몸 전체를 덮고 있는 모습이었다. 단운비는 정주를 떠난 이후 줄곧 그녀를 업은 상태로 이곳까지 왔다.

독고연지는 체내에서의 마기 활동이 중지된 상태라서 행동하는 데에는 지장이 없지만 무공을 사용할 수가 없다. 공력을 일으키면 마기가 들끓기 때문이다.

그래서 그녀가 걷겠다는데도 단운비는 그녀를 잠시도 자신의 몸에서 떼어놓지 않았다.

처음에 독고연지는 몸을 잔뜩 웅크린 채 될 수 있는 대로 풍만한 젖가슴이 그의 등에 닿지 않게 하려고 애썼다.

그러느라 두 팔을 가슴 앞에 모아서 그의 등과의 거리를 두게 하였다.

그런데 시간이 지나면서 그녀는 구태여 그럴 필요가 없다는 생각을 하게 되었다.

어떤 이유에서든 자신과 단운비는 이미 몸을 섞은 사이가 됐다. 즉, 부부지연을 맺었다.

그러므로 젖가슴이 그의 등에 닿을까 봐 노심초사할 필요가 없는 것이다.

정주를 출발한 지 반 시진쯤 지났을 때 그녀는 가슴 앞에 모으고 있던 두 팔을 풀었다.

그리고 한 시진이 지났을 때에는 아예 두 팔로 단운비의 가슴을 꼭 끌어안았다.

뺨을 그의 등에 대고 온몸을 밀착시키자 더할 수 없이 포근하고 편안한 기분이 들었다.

마인이 되고 있는 단운비와 몸을 섞어야만 했던 그 비참했던 일을, 독고연지는 이 작은 동작으로 충분히 보상받은 것 같은 기분이 들었다.

단운비는 커다란 두 손을 활짝 펼쳐서 그녀의 궁둥이를 한 쪽씩 떠받들고 있었다.

옆에서 묵묵히 나란히 걷고 있는 청산은 단운비를 힐끗 쳐다보았다.

단운비는 얼굴을 가리지도 않은 채 번화가를 당당하게 걸어가고 있다.

그의 모습이 많이 변했다고는 하지만 본모습이 송두리째 변한 것은 아니다.

그러므로 알아볼 사람이 있을 텐데도 그는 조금도 개의치 않는 모습이었다.

그런데도 단운비는 뭘 어떻게 하겠다는 계획을 청산에게 한 마디도 말해주지 않고 있다.

청산은 신룡문주의 그림자 같은 존재인 신룡삼풍영의 첫째 천풍영의 신분으로서 외부 활동은 거의 하지 않았었기에 그의 모습을 알고 있는 사람은 극히 드물다.

그는 단운비의 지금 행동으로 미루어볼 때 그가 부친을 만나려 한다는 것을 짐작했다. 하지만 그것뿐이지 그 이상은 알 수가 없다.

신룡문과 금검보에는 이미 독고연지가 자신의 심복인 생사령을 보내서 대천회에 대하여 대비하도록 했다.

독천, 아니, 비소도의 한소진이 삼천혈세록에 적힌 하남성의 명숙들을 암살하는 것 때문에 단운비가 부친을 만나려는 것은 아닐 게다.

그는 부친의 안위를 염려할 만큼 부친을 좋아하지 않는다. 아니, 오히려 증오하고 있다.

청산은 다시 한 번 단운비를 쳐다보다가 문득 그가 업고 있는 독고연지에게 시선이 갔다.

'그렇군!'

그 순간 그는 단운비가 왜 낙양성 거리를 당당하게 활보하는지를, 아니, 그가 신룡문에 직접 찾아가려는지 이유를 알게 되었다.

독고연지 때문이다. 그녀를 가장 안전하게 보호할 수 있는 곳이 바로 신룡문인 것이다.

단운비는 삼 년여 동안 쌓아온 부친에 대한 증오와 원망의 높은 벽을 독고연지로 인해서 허물려고 하고 있었다.

그것은 그가 그만큼 독고연지를 소중하게 여기고 있다는 뜻이기도 하다.

낙양성에 들어서면서부터 사람들이 단운비를 힐끗거리면서 쳐다보고 있었다.

당당한 체구에 훤칠한 자태, 그리고 천하에 짝을 찾아보기 어려울 정도로 준수한 용모 때문이다.

하지만 그를 신룡문의 소문주 천화공자라고 알아보는 사람은 없었다. 예전의 그는 신룡문과 기루에서만 활동했었기 때문이다.

그때 단운비 일행이 걸어가고 있는 앞쪽이 어수선해졌다.

그러더니 잠시 후 일단의 무리가 모습을 드러냈다.

그들을 발견한 단운비와 청산은 우뚝 걸음을 멈추었다. 그리고는 단운비의 얼굴이 돌덩이처럼 딱딱하게 굳어졌다.

나타난 무리는 더할 수 없이 화려한 복장과 무기를 지닌 백여 명가량의 무림고수들이었다.

그들이 나타나자 행인들은 마치 파도가 갈라지듯이 알아서 대로 양쪽으로 급히 물러났다.

그들은 다름 아닌 강북무림의 절대자 신룡문의 고수들이기 때문이다.

단운비가 낙양성에 들어선 지 이각 남짓 지났을 뿐인데 벌써 그의 출현이 신룡문에 알려진 것이다.

백여 명의 고수들은 질서정연하게 곧장 단운비에게 다가와서 선두가 다섯 걸음 쯤 앞에 멈추었다.

　무리를 이끌고 온 우두머리는 단운비도 익히 알고 있는 신룡문 용화당(蓉華堂)의 당주다.

　용화당은 신룡문을 찾아오는 귀빈들을 접객하는 임무를 맡고 있으며, 당주가 직접 나서는 경우는 거의 드물다. 하지만 신룡문 소문주를 영접하는 일이라면 당연히 그가 직접 나서야 할 것이다.

　삼 년 넘게 집을 떠나 있었던 단운비는 졸지에 신룡문의 귀빈이 된 것이다.

　용화당주는 그 자리에 무릎을 꿇고 부복하며 이마를 땅에 대고 웅혼하게 입을 열었다.

　"속하 용화당주! 소문주를 뵈옵니다!"

　그러자 뒤에 늘어서 있던 백여 명의 용화당 고수들이 일제히 부복했다.

　우렁찬 외침에 깜짝 놀란 독고연비는 움찔 몸을 떨었다. 그녀는 외침만 듣고도 일이 어떻게 되어가고 있는 것인지 즉시 간파했다.

　그래서 그녀는 단운비의 등에서 내리려고 몸을 움직였으나 단운비는 오히려 그녀가 움직이지 못하도록 궁둥이를 받치고 있는 두 손에 힘을 주었다.

　금검보의 소보주인 그녀가 신룡문의 소문주에게 업혀 있는 모습은 수많은 억측과 소문을 불러일으킬 것이다.

그것도 그렇지만 그녀 자신이 부끄러워서 내리려는 것이다.

하지만 단운비의 뜻이 너무 완고해서 그녀는 이후 그의 등에 엎드려 꼼짝도 하지 않았다.

그러면서 그가 자신을 땅에 내리지 못하게 한 것이 몹시 고맙다는 생각이 들었다.

사람들이 보든 말든, 어떤 상황이든 독고연지를 소중하게 여긴다는 뜻이기 때문이다.

비록 그것이 독고연지가 죽음을 무릅쓰고 희생을 한 결과라는 사실 때문에 씁쓸한 일면도 있다.

그러나 그것이 지금 그녀가 느끼고 있는 뿌듯함과 행복함을 씻어버리지는 못했다.

거리의 모든 사람들은 소문으로만 듣던 천화공자를 직접 보게 되어 크게 놀라서 쳐다보았다.

용화당주는 부복한 상태에서 공손히 말했다.

"지금부터는 속하들이 소문주를 모시겠습니다."

"비켜라."

그러나 단운비는 나직이 짧게 내뱉으며 성큼성큼 걸음을 옮기기 시작했다.

용화당주와 수하들은 황급히 좌우로 갈라지면서 길을 터주었고, 단운비와 청산은 그 복판으로 당당하게 걸어갔다.

第五十章

부자 상봉

풍림화산

신룡문의 거대한 전문 안쪽의 드넓은 광장에는 신룡문 휘하
의 전 수하들이 나와서 양쪽으로 길게 늘어서 있었다.

　원래 신룡문은 천오백여 명에 이르는 고수들을 보유하고 있
었으나 지금은 오백여 명 정도가 양쪽으로 긴 줄을 이루고 있
는 상태다.

　천오백여 명 중에서 천여 명은 대천회를 상대하러 떠났기
때문이다.

　저벅저벅.

　활짝 열린 전문을 통해서 단운비와 청산이 걸어 들어갔다.

　순간 운집한 오백여 고수들이 일제히 그 자리에 부복하면서
우레처럼 외쳤다.

"소문주의 귀환을 환영합니다ㅡ!"

하지만 단운비는 그들에게 눈길조차 주지 않았다. 그렇다고 그의 표정이 못마땅하다거나 싸늘한 것은 아니다.

굳은 듯이 무심하기 짝이 없는 표정이다. 원래 무관심은 증오나 미움보다 더 무서운 것이다. 그는 신룡문에 아예 관심 자체가 없다.

자신을 맞이하는 행렬을 대한 그의 심중에 한줄기 가소로움이 일었으나 얼굴에 드러날 정도는 아니었다.

그는 단지 부친이 가증스러웠다. 그래서 신룡문 자체가 싫은 것이다.

강북무림으로도 모자라서 이제는 천하무림을 좌지우지해 보려고 자신의 아들과 금검보의 금지옥엽 독고연지를 정략적으로 정혼시켜 놓고서, 그것에 아들이 따라주지 않자 정신을 차리게 한다는 미명하에 아들을 세상의 가장 밑바닥으로 내던져 버린 비정한 아버지였다.

바로 그 순간에 단운비와 부친의 인연은 완전히 끝이 났던 것이다.

이후 단운비는 지옥으로 향했고, 부친은 뒤늦게 아들을 애타게 찾아 헤맸었다. 그래 봐야 사후약방문(死後藥方文)이다.

이제 삼 년이 훨씬 넘어 지옥에서 살아 돌아온 아들을 환영한답시고 신룡문의 전 수하들을 내세워 놓았으나, 단운비 눈에는 그저 가소롭게만 보일 뿐이다.

그는 더 이상 삼 년여 전의 파락호 천화공자 단운비가 아닌 것이다. 아들이 얼마나 변했는지, 그리고 거대해졌는지도 모르고 설레발을 떠는 부친과 그 족속들이 다 싸잡아서 가증스러웠다.

그의 등에 업힌 독고연지는 아까보다 더 찰싹 그에게 달라붙어 있었다.

단운비가 지금 어디에 왔으며 이제 잠시 후에 누굴 만나게 될 것을 짐작하기 때문에 심장은 미친 듯이 콩닥거렸고 정신은 아득해졌다.

단운비는 그녀가 내리지 못하도록 궁둥이를 안은 두 손에 더욱 힘을 주었다.

지금 이곳에서 그가 믿을 수 있는 사람은 청산뿐이다. 이곳을 적진이라고 생각하기 때문이다.

하지만 독고연지는 내릴 생각이 추호도 없다. 단운비의 등처럼 안전한 곳이 없다고 생각하는 그녀다.

단운비는 대광장 끝에 있는 전각 옆을 지나쳐서 곧장 뒤쪽으로 향했다.

그가 향하는 곳은 부친의 집무실이며 신룡문 내에서 가장 규모가 큰 신룡전(神龍殿)이다.

그를 영접하는 수하들의 행렬은 전문에서부터 신룡전까지 길게 이어져 있는 상태다.

그리고 안쪽으로 갈수록 고위급들이 늘어서 있다. 그들은 단운비도 익히 알고 있는 자들이지만, 그는 눈길조차 주지 않았다.

이윽고 신룡전 앞에 이르렀다. 그는 망설임없이 돌계단을 밟아 올라갔다.

대전 입구에는 오른쪽에 두 명이, 왼쪽에 한 명이 서 있었다.

그들은 다른 사람들처럼 무릎을 꿇지도, 허리를 굽히지도 않은 모습이다.

돌계단을 올라오고 있는 단운비를 세 사람은 몹시 기쁘고 감회 어린 표정으로 바라보았다.

이들 세 사람은 바로 신룡문의 세 명의 장로이며 신룡문주의 의형제로서 신룡삼협(神龍三俠)이다. 단운비에겐 숙부가 된다.

예전에는 그들이 단운비의 교육을 담당했었다. 즉, 사부나 다름이 없는 사람들이다.

단운비는 부친보다 신룡삼협하고 더 친했었다. 엄하고 늘 바쁜 부친은 한 달에 한두 번 아들의 얼굴을 보는 것조차도 어려울 정도였다.

단운비는 신룡삼협 중에서도 자상하고 배려심 깊은 이협 강무랑하고 특히 더 친했었다.

그런 그가 바로 단운비를 낙양성의 기루에서 납치하여 항주성 하구촌에 내다 버렸었다.

신룡삼협은 돌계단을 다 올라온 단운비를 보면서 앞으로 한 걸음 나섰다. 반갑게 얼싸안기라도 하려는 기세다.

저벅저벅.

그러나 단운비는 그들에게 눈길조차 주지 않고 그냥 지나쳐서 대전 안으로 들어가 버렸다.

신룡삼협은 어? 하고 놀라는 표정을 짓더니 곧 씁쓸한 표정으로 바뀌었다.

그중에서도 이협 강무랑은 더할 수 없이 착잡한 심정을 얼굴에 그대로 드러냈다.

그는 단운비가 모든 사실을 알게 됐음을 짐작했다. 그렇다면 그는 입이 열 개라도 할 말이 없는 입장이다. 자신이 악역을 맡았었기 때문이다.

신룡삼협은 서둘러서 대전 안으로 들어갔다. 그 뒤를 신룡문의 핵심 인물들이 따라 들어갔다.

넓은 대전 안 한가운데를 단운비가 똑바로 걷고 청산이 바짝 뒤따르고 있다.

전면 단상의 두 개의 태사의에는 일남일녀가 앉아 있었는데, 바로 신룡문주 단도후와 부인이다. 즉, 단운비의 부모가 나란히 앉아서 그를 맞이하고 있다.

신룡문주 단도후는 빙그레 미소를 지을 뿐 다른 표정은 짓지 않았다.

그러나 부인, 즉 단운비의 모친은 벌써부터 눈물을 흘리면서 삼 년여 만에 만나는 사랑하는 아들을 바라보고 있었다.

그녀는 당장에라도 일어나서 아들에게 달려가고 싶었지만 단도후가 손을 뻗어 무릎을 지그시 누르고 있어서 어쩔 수 없이 앉아 있는 것이다.

단도후는 단운비에 대해서 아무것도 모르고 있다. 아니, 항주성 외곽 하구촌에서 거지들과 함께 뒹굴면서 생활하다가 홀연히 실종됐다는 사실만 알고 있었다.

그 당시에 함께 생활했던 불꼬챙이 손교와 흑곰이 청산의 소개로 신룡문에 들어왔기 때문에 그것에 대해서만 알고 있을 뿐이다.

하지만 그것은 단운비가 걸어온 파란만장한 지옥행의 서막에 불과하다.

아니, 그때의 고생은 지옥도에 비하면 고생이 아니라 차라리 행복이라고 할 수 있었다.

청산은 삼 년여 만에 단운비를 다시 만난 이후 신룡문과의 연락을 완전히 끊었었다.

그에게 참회하고 수하가 되기 위해서 단도후와의 관계마저 끊었기 때문이다.

저벅저벅.

대전은 쥐 죽은 듯이 조용한 가운데 단운비와 청산의 발자국 소리만 간단없이 울릴 뿐이다.

이윽고 단운비가 단상에서 열 걸음쯤 떨어진 곳에서 걸음을 멈추었다.

"어서 오너라."

기다렸다는 듯이 단도후의 묵직하면서도 조용한 목소리가 흘러나왔다.

그는 절대 이런 식으로 먼저 말을 걸지 않는다. 더구나 이렇게 온화한 목소리는 부인에게도 한 적이 없었다. 그러므로 지금 그가 단운비를 얼마나 반기는지를 알 수 있었다.

대전에는 어느새 삼십여 명 정도의 신룡문 핵심 지위의 인물들이 양쪽 벽을 등지고 늘어서 있었다.

단운비는 고개를 들어 단도후를 똑바로 쳐다보았다.

아들을 가까이에서 보게 된 모친의 눈에서 더 많은 눈물이 쏟아졌으나 단운비는 모친에게는 일체 눈길을 주지 않았다. 무정함의 극치다.

이윽고 단운비의 입에서 첫마디가 흘러나왔다.

"곧 암살이 시작될 것입니다."

일체의 감정도 담겨 있지 않은 나직한 목소리다.

더구나 밑도 끝도 없이 불쑥 내뱉은 엉뚱한 말에 단도후 부부는 물론이고 대전 내의 모든 사람들이 의아한 표정으로 단운비를 쳐다보았다.

그러나 단운비는 개의치 않고 자신이 할 말을 이어 나갔다.

"대천회에서 떨어져 나온 한 무리가 절강성과 강소성, 산동성에서 일련의 암살 행위를 자행했었는데, 그들이 현재 정주에서 낙양성으로 향하고 있습니다."

놀랍기 그지없는 사실이다. 하지만 단도후와 중인들을 더 놀라게 하는 것은 단운비의 행동이었다.

삼 년여 만에 만나는 부친에게 인사를 올리기는커녕 그 앞에 꼿꼿하게 서서 마치 타인을 대하듯이 본론만 말하고 있지 않은가.

"운비야……."

더 이상 참지 못하고 모친이 눈물을 흘리며 입을 열었다.

하지만 단운비는 단도후에게서 시선을 거두지 않은 채 계속 말을 이었다.

"그들은 비소도라는 거대한 배를 이끌고 이르면 오늘 중으로 낙양성에 당도할 것입니다. 신룡문을 중심으로 낙양성 전체의 방, 문파들을 모아서 그들에 대처하십시오."

단도후는 단운비가 왜 이러는 것인지 짐작했다. 하지만 그는 아직도 자신이 잘못했다고 생각하지 않는다.

계획이 조금 틀어졌을 뿐이지만, 어쨌든 단운비는 무사히 살아서 돌아오지 않았는가.

그는 하나뿐인 아들이 태어나는 순간부터 그를 품 안의 자식으로 오냐오냐 키우지 않겠다고 결심했었고 그대로 실천에 옮겼다.

자신은 강북무림의 절대자에 머물렀으나 아들만큼은 천하무림의 절대자로 만들겠다는 크나큰 포부를 품고 있었다.

그래서 아들이 없는 금검보주의 딸과 단운비를 정략적인 정혼을 시켰던 것이다.

단운비와 독고연지의 혼인은 신룡보와 금검보의 통합을 의미한다.

두 사람이 혼인하여 통합된 새로운 대방파가 천하무림을 지배하면, 신룡문주 단도후와 금검보주 독고헌은 실질적인 권력을 휘두르게 된다.

이제 늦게라도 아들이 돌아왔으니 잘된 일이다. 무공이 뛰어나지 않아도 된다.

신룡문과 금검보에는 날고 기는 고수들이 수두룩하므로 그들을 지휘하기만 하면 된다. 다만 정신만 똑바로 박혀 있으면 그로써 족하다.

단도후는 이쯤에서 아들의 말을 잘라야겠다고 생각했다. 아들이 집으로 돌아오는 길에 무엇인가를 목격하여 그것을 자랑삼아서 말하는 모양인데, 이 정도면 됐다 싶었다.

"너는 아비를 보고 예를 취하지도 않느냐?"

보고 싶었다고, 그동안 고생했다고 말하는 대신에 단도후는 아들의 무례함을 꾸짖었다.

그러자 단운비는 쓰디쓰게 미소 지었다.

"누가 내 아버지입니까?"

"뭣이라?"

단운비의 입에서 감히 그런 말이 튀어나올 줄 몰랐던 단도후나 모친, 중인들은 깜짝 놀랐다.

"항주성 하구촌 거지들 틈바구니에서 깨어나던 순간부터 내게는 부모가 죽었습니다."

"이놈!"

"당신은 나를 내다 버리라고 명령했을 때 아들을 포기한 것이 아니었습니까?"

강북무림의 절대자인 단도후에게 거침없이 '당신'이라고 말하는 돌아온 아들이다.

그러나 단도후는 인내하기로 했다. 고생깨나 하고 돌아온 아들을 잠시 달래주자는 생각이다.

"알았으니까 그만해라."

단도후로서는 대단한 양보다.

그러나 그 정도로는 단운비의 굳게 닫힌 마음을 풀어주지 못했다. 아니, 그는 애당초 마음을 풀 생각조차 없다.

"알았습니다. 나도 더 이상 이곳에서 당신과 말을 섞고 싶지 않습니다."

"이놈이 그래도!"

"명심하십시오. 비소도의 암습을 방심하면 큰 대가를 치르게 될 것입니다."

그 말을 끝으로 단운비는 찬바람이 일도록 몸을 돌려서 성큼성큼 입구로 걸어갔다.

청산은 총총히 그의 뒤를 따랐다. 그러면서 그는 자신의 생각이 틀렸음을 깨달았다.

그는 단운비가 신룡문에 독고연지를 맡기러 찾아온 것이라고 짐작했었다.

그러나 그게 아니다. 단운비는 차도살인지계를 사용하려는 것이다.

즉, 신룡문을 비롯한 강북무림의 손을 빌어서 비소도와 한소진을 제거하려는 계산이다.

그 와중에 단운비가 한소진을 제압하여 그녀의 천마신공을 파훼시킨다.

결국 그는 아직도 천마신이 된 한소진을 포기하지 않았다는 얘기가 된다. 하긴, 그녀가 어떤 존재인데 그렇게 쉽사리 포기하겠는가.

단운비가 벽력탄을 터뜨리듯 자신의 할 말만 와르르 쏟아내고 나가려 하자 단도후는 인내심이 한계에 도달하여 버럭 호통을 쳤다.

"이놈! 거기 서지 못하겠느냐?"

그래도 단운비는 누구네 집 개가 짖느냐는 듯 끄떡하지 않고 계속 걸어갔다.

단도후는 자신이 마음만 먹으면 단운비쯤은 잡아서 감금을 하든지 볼기를 쳐서 눈물콧물 쑥 뽑아내든지 마음대로 할 수 있을 것이라고 생각했다.

예전에도 그랬었고 삼 년여가 지난 지금도 변함이 없을 것이라고 판단했다.

"천풍영! 운비를 잡아라!"

단도후는 이번에는 단운비 뒤를 바짝 따르고 있는 청산에게 명령했다.

그러면서 그는 이 명령이 이행되지 않을 것이라고는 터럭만큼도 생각하지 않았다. 그럴 이유가 없기 때문이다.

그런데 실내에 있는 모두의 어안을 벙벙하게 만드는 어이없는 일이 일어났다.

단운비에 이어서 청산마저도 단도후를 돌아보지도 않고 똑바로 걸어가고 있지 않은가.

"이놈들이……."

단도후는 태사의 손잡이를 움켜잡으며 노여움으로 반백의 수염을 바르르 떨었다.

좌중은 술렁거렸다. 단도후의 명령이 떨어지기 전에는 감히 소문주의 앞을 막을 수 없기 때문이다.

단운비가 절대자 부친의 명령을 거역하는 초유의 사태가 벌어질 것이라고 대저 누가 짐작이라도 했겠는가.

만약 이 자리에서 단도후가 수하들에게 단운비를 잡으라고 명령한다면 그 또한 스스로의 명예에 흠집을 내는 행동일 뿐이다.

"운비야, 거기 서라."

결국 단도후의 명령이 떨어지기 전에 신룡삼협의 이협 강무랑이 단운비에게 걸어가며 조용히 타이르듯 말했다. 그의 행동은 시기적절했다.

그러자 아무도 예상하지 못했던 일이 벌어졌다.

스룽!

청산이 검을 뽑아 움켜쥐고는 좌우를 경계하면서 단운비 뒤를 따르는 것이 아닌가.

그것은 누가 보더라도 어느 놈이든 다가오면 베겠다는 의지의 모습이 분명했다.

신룡문주의 그림자인 신룡삼풍영의 우두머리 천풍영이 설마 문주의 명령을 거역하고, 그것으로도 모자라서 검을 겨누리라고는 아무도 예상하지 못한 일이었다.

단운비가 대전 안에 들어오고 나서 지금까지 일어난 일들이 하나같이 예상 밖이다.

　"청산, 네가 감히!"

　순간 강무량이 쩌렁하게 호통을 치면서 미끄러지듯이 청산을 향해 곧장 쏘아갔다.

　청산의 무공이 아무리 고강하다고 해도 신룡삼협의 적수가 되지는 못한다.

　신룡삼협은 신룡문 내에서 단도후에 이어 이, 삼, 사위를 다투는 실력의 소유자들이다.

　그런데도 청산은 물러나기는커녕 쇄도해 오는 강무량을 향해 발검할 자세를 취했다.

　그렇지 않아도 단운비 때문에 심란한 강무량은 청산의 그 모습을 보고 발끈해서 일 초식에 요절을 내려는 듯 전력으로 쏘아왔다.

　중인은 설마 청산이 강무량을 공격하지는 못할 것이라고 추측했다.

　그런데 그 추측이 여지없이 빗나갔다. 청산은 이 장 앞까지 쇄도하고 있는 강무량을 향해 전력을 다해서 검을 그어대고 있었다. 그리고 그의 검에서 흐릿한 검기가 뿜어졌다.

　쐐애액!

　한 뼘 두께의 철판을 자를 수 있는 위력의 검기다.

　강무량의 눈에서 불이 번쩍 튀었다. 무사는 강한 자 앞에서 더 강해지는 법이다.

스읏—

청산의 검기가 허공을 갈랐다. 그 순간 강무랑의 모습이 흐릿해지면서 비스듬히 청산의 위로 솟구쳤다.

쿠앗!

청산이 위를 쳐다보고 움찔 놀라는 순간, 강무랑의 일장 적양대신력이 불을 뿜었다.

청산은 자신의 얼굴을 향해 쇄도하는 붉은 기류를 쳐다보면서 그 자리에서 얼어붙었다. 피하거나 반격을 하기에는 너무 늦어버렸다.

강무랑은 일장을 거두지 못한다. 거리가 너무 가깝기 때문이다. 그는 울컥해서 전력 일장을, 그것도 적양대신력을 발출해 놓고 아차 하는 표정을 지었다.

하지만 이미 때가 늦었다. 이젠 청산이 산산조각 나는 일만 남았다.

슛.

그 순간 청산의 몸이 어떤 부드러운 힘에 의해서 옆, 그러니까 단운비 쪽으로 두어 자쯤 이동했다.

꽝!

"으악!"

이어서 고막을 찢는 굉장한 폭음과 누군가의 처절한 비명 소리가 동시에 터져 나왔다.

그리고는 여기저기에서 놀라움에 가득 찬 신음 소리가 어수선하게 흘러나왔다.

"앗!"

"아!"

쿵! 픽!

강무랑이 허공을 빨랫줄처럼 일직선으로 날아가 벽에 모질게 부딪쳤다가 바닥에 떨어졌다.

"으으……."

그는 엎어진 채 입과 코에서 꾸역꾸역 피를 흘리며 일어나려고 안간힘을 썼으나 여의치 않았다.

그러나 단도후를 비롯한 모든 사람들의 시선은 단운비에게 집중되었다.

대다수의 사람들은 어떻게 된 일인지 상황을 제대로 보지 못했다.

그러나 단도후와 신룡이협, 그리고 꽤 고강한 몇몇 사람은 분명히 목격했다.

단운비가 오른손으로 접인신공을 발휘하여 청산을 끌어당기고, 그 즉시 강무랑에게 일장을 발출하여 격돌하는 광경을 말이다.

그리고 지금 단운비가 한 손으로는 독고연지의 궁둥이를 받친 채 한 팔을 강무랑이 쓰러져 있는 방향을 향해 허공으로 쭉 뻗고 있었다.

그것이 막 일장을 발출한 직후의 모습이라는 것을 굳이 설명할 필요는 없었다.

"우우……."

누군가의 입에서 놀라움과 불신이 한데 뒤섞인 신음이 흘러 나왔다.

강무랑은 신룡문에서 최소한 세 번째 실력자다. 그런 그를 단운비가 실로 아무렇지도 않게 격퇴, 아니, 단 일장만으로 볼썽사납게 나뒹굴게 했으니 놀라지 않으면 정상이 아닐 터이다.

누구보다도 가장 놀란 사람은 단도후다. 그는 단운비가 단지 살아서 돌아왔으며, 예전 같은 파락호가 아니라는 것만 알아보았을 뿐이다.

설마 그가 이 정도의 절정고수가 됐을 줄은 꿈에도 생각하지 못했다.

단도후는 자신의 눈으로 보고서도 믿어지지 않는다는 듯 눈을 껌뻑거리며 단운비를 쳐다보았다.

예전에 단운비는 강무랑을 친아버지보다 더 따랐었다. 그런데 그를 가차없이 격퇴시켰다.

그것은 단운비가 강무랑은 물론 단도후나 신룡문에 터럭만큼도 미련이 없음을, 아니, 오히려 원한이 쌓여 있음을 보여주는 증거였다.

그때 강무랑에게 달려가서 그를 살펴보던 신룡일협과 삼협은 움찔 놀랐다.

강무랑이 계속 꾸역꾸역 피를 흘리더니 급기야 혼절해 버렸기 때문이다.

순간 일협과 삼협은 동시에 벌떡 일어나 빠르게 단운비에게 쏘아갔다.

신룡삼협은 수십 년 동안 친형제 이상 끈끈하게 지내왔다. 서로를 위해서 목숨도 초개처럼 내던질 수 있는 우정과 믿음을 서로에게 지니고 있다.

강무랑이 당한 것을 목격한 두 사람은 순간적으로 이성을 잃어버렸다.

그들은 쏘아가면서 공력을 극한으로 끌어올렸다. 강호에서 산전수전 다 겪고 수백 차례의 각종 치열한 싸움에서 승리한 두 사람이다.

서로의 얼굴을 보지 않고 말을 하지 않아도 어떻게 협공해야 하는지 너무도 잘 알고 있었다.

단도후는 구태여 그들을 말리려고 하지 않았다. 그들이 아무리 이성을 잃었다고 해도 단운비를 죽이지는 않을 것이기 때문이다.

그러므로 이번에는 자신의 눈으로 이들의 싸움을, 아니, 단운비의 실력을 제대로 보려는 것이다.

청산은 단운비 앞에 우뚝 서서 검을 치켜들었다. 단운비를 지키겠다고 각오다.

"물러서라, 청산."

단운비가 조용히 말하자 청산은 즉시 뒤로 물러났다.

이어서 단운비는 자신을 향해 쏘아오는 신룡일협과 삼협 쪽으로 돌아섰다.

왼손으로는 독고연지의 궁둥이를 받치고, 오른손을 바닥을 향해 늘어뜨린 채 우뚝 섰다.

　이제 곧 신룡문의 이인자와 사인자의 협공을 받게 될 사람
이라고는 조금도 여겨지지 않는 유유자적한 모습이다. 그래서
보는 사람들은 혹시 그가 싸움을 포기한 것이 아닌가 하는 착
각마저 느꼈다.

　일협과 삼협은 불과 반 호흡 만에 넓은 대전을 가로질러 순
식간에 단운비의 이 장 앞까지 쇄도했다.

　그들은 어깨에 검을 메고 있으나 뽑지는 않았다. 쌍수로도
충분히 단운비를 꺾을 수 있다고 자신하기 때문이다.

　그들은 이협 강무랑이 방심을 하다가 당했다고 여겼다. 실
력으로 패했다고는 추호도 승복하지 않았다.

　단운비가 양손으로 일협과 삼협 같은 절정고수를 동시에 상
대할 수 있다는 사실을 믿을 수도 없지만, 설혹 그런 능력이 있
다고 해도 지금 그는 한 손만 사용할 수 있다.

　일협과 삼협이 일 장 반까지 쇄도하고 있는 중이다.

　스으으……

　이윽고 단운비의 손이 왼쪽으로 향하는가 싶더니 삼협을 향
해 손끝을 슬쩍 떨쳤다.

　팡!

　공기가 가득 담긴 팽팽한 무엇인가를 한순간에 터뜨린 듯한
음향이 짧게 터지면서 흐릿한 금광의 기류 한 조각이 삼협을
향해 쏘아갔다.

　그의 동작은 마치 떠나는 사람에게 어서 가라고 손짓을 하

는 것처럼 자연스러웠다.

그리고는 손이 수평으로 오른쪽으로 흘렀다. 그 동작이 너무도 빨라서 단도후만이 겨우 감지했을 뿐이다.

단운비의 손은 삼협에게 그랬던 것처럼 일협을 향해서도 손끝을 가볍게 까딱였다.

파웅!

역시 흐릿한 금광 한 조각이 빛의 빠르기로 뿜어졌다.

중인은 눈도 깜빡이지 않고 주시하면서 마른침을 꿀꺽 삼켰다. 침 삼키는 소리가 여기저기에서 들렸다.

'설마… 소양신장이란 말인가?'

단운비가 발출한 금광을 목격한 단도후의 얼굴이 놀라움으로 물들었다.

그는 전설의 소양신장에 대해서, 그리고 그것이 무적의 장법이라는 사실을 잘 알고 있었다.

소양신장을 알아보지 못한 중인은 자신들의 눈을 의심했다. 원래 장력이란 손바닥을 통해서 체내의 공력을 뿜어내는 것이다.

손을 거두거나 공력을 지속적으로 뿜어내지 않으면 장력이 성립되지 않는다. 도중에 끊어져 버리는 것이다.

그런데 단운비는 삼협과 일협을 향해서 두 차례 손끝을 살짝 떨치는 것만으로 한 조각씩의 금광을 발출했다.

즉, 손을 거두었고 또 지속적으로 공력을 뿜어내지도 않는다는 것이다. 그것은 공력을 잘라서 원하는 만큼 발출했다는 뜻이다.

일협과 삼협은 자신들을 향해 쇄도하고 있는 흐릿한 금광을 보며 가볍게 움찔했다.

금광은 지독하게 빨라서 순식간에 반 장 앞까지 이르렀으며 피하기에는 이미 늦었다. 두 사람은 너무 급박해서 놀라는 것도 잊어버렸다.

이미 만반의 준비를 하고 있던 두 사람은 즉시 우수를 내밀어 적양대신력으로 맞섰다.

꽝꽝!

"흐윽!"

"크으……."

벼락이 떨어진 듯한 폭음과 함께 두 마디 답답한 신음이 흘러나왔다.

일협은 묵직하게 다섯 걸음이나 물러났으며, 삼협은 빠르게 밀려나다가 엉덩방아를 찧고 주저앉아 그 자세로 이 장이나 주르르 밀려났다.

두 사람은 팔이 부러지는 듯한 고통과 가슴에 만 근 바위를 적중당한 충격으로 울컥 피를 토했다.

그런데 반면에 단운비는 독고연지를 업은 채 제자리에서 한 발자국도 뒤로 밀리지 않은 모습이다. 다만 상체가 가볍게 흔들렸을 뿐이다.

그를 주시하는 모두의 얼굴에 경악지색이 가득 떠올랐다.

더구나 단도후는 불신의 표정을 떠올렸다. 그가 보기에 단운비는 일협과 일대일로 겨루면 단 일 초식 만에 제압할 수 있는 실력이 분명하다.

아니, 단운비는 단도후 자신과 겨루어도 팽팽할 정도의 실력을 지니고 있었다.

그제야 단도후는 놀란 가슴으로 단운비에 대해서 새롭게 생각하게 되었다.

지금 단운비가 보여주고 있는 실력을 보통 사람이 쌓으려면 백 년이라도 모자라다.

그런데 그는 불과 삼 년이 조금 넘는 동안에 그것을 이룬 것이다.

그것은 과연 무엇을 의미하는가. 그가 상상조차 할 수 없는 혹독한, 아니, 처절한 과정을 거쳤을 것이라는 상상을 할 수 있지 않은가.

아무리 특출한 인간이라고 해도 불과 삼 년여 만에 단도후에 버금가는 실력을 쌓는다는 것은 있을 수 없다. 그것은 불가능한 일이다.

그런데도 단운비는 이루었다. 그 불가능을 이룬 단운비가 지금 단도후를 비롯한 모두의 앞에서 불사신처럼 우뚝 서 있지 않은가.

'저 아이는……'

단도후는 자신의 아들이 지옥에 다녀왔음을 그제야 어렴풋이 느낄 수 있었다.

그리고 그 지옥은 상상조차 할 수 없을 만큼 지독한 곳이 분명할 터이다.

그래야지만 방금 단운비가 보여준 신기를 조금이라도 이해
할 수가 있다.

　저벅저벅.

　그때 단운비가 몸을 돌려 대전 입구로 성큼성큼 걸어갔다.

　단도후는 벌떡 일어나며 외쳤다. 무조건 단운비를 붙잡아야
한다는 생각이 들었다.

　"운비야!"

　그러나 단운비는 찬바람을 일으키면서 대전을 나가 버렸다.

　단도후는 어마어마하게 거대해져 버린 아들의 모습을 발견
하고서야 비로소 자신이 잘못했음을 깨달았다. 그렇지만 무엇
을 잘못했는지 구체적으로는 알지 못했다.

　그때 청산이 대전 입구에서 몸을 돌려 안쪽을 향해 우뚝 서
서 웅혼한 목소리로 입을 열었다.

　"비소도의 도주는 천마신공을 연공한 천마신입니다! 부디
준비에 소홀함이 없기를 바랍니다!"

　그의 말은 수천 개의 벼락이 떨어진 것처럼 대전 안을 발칵
뒤집어놓았다.

　여러 말로 설명할 필요가 없다. 천마신공과 천마신, 그것이
면 상대에 대한 설명으로 충분하다.

第五十一章
낙양혈운(洛陽血雲)

풍림화산

신룡문을 나선 단운비 일행은 거리를 따라서 걸어갔다.

우선 적당한 객잔을 찾아서 잠시 쉬며 한소진을 대처할 방법을 생각할 작정이다.

신룡문에서는 아무도 따라 나오지 않았다. 단운비가 한바탕 들쑤셔 놓은데다, 청산이 천마신공과 천마신에 대해서 말해준 것 때문에 굉장한 충격을 받았기 때문이다.

오죽했으면 단도후가 홀연히 떠나는 아들에 대해서 어떤 조치를 취하지도 못했겠는가.

단운비는 두 손으로 독고연지의 궁둥이를 받친 채 걸으면서 어떤 생각에 잠겼다.

그는 조금 전에 신룡전 내에서 신룡삼협과 일전을 겨루는 중에 새로운 사실 하나를 깨달았다.

자신의 내공이 증가했다는 사실이다. 아니, 그냥 증가한 것이 아니라 엄청나게 증가했다.

그 덕분에 신룡삼협을 각각 일 초식에 격퇴시킬 수 있었던 것이다.

설혹 그렇지 않다고 해도 신룡삼협을 상대하는 데에는 그다지 문제가 없었을 것이다.

단운비는 자신이 한소진의 마기에 중독됐다가 풀리면서 귀별금보의 잠재되었던 효능이 살아난 것이라고 생각했다.

결국 큰 충격을 받으면 귀별금보의 효능이 살아난다는 그의 추측이 옳았다.

아직 운공조식을 해보지 않아서 제대로 모르겠지만, 귀별금보의 효능 거의 대부분이 풀린 듯했다.

그러나 만약 독고연지가 자신을 희생하지 않았더라면 이런 일은 결코 일어나지 않았을 것이다.

"오빠."

그때 단운비 뒤쪽에서 누군가 부르는 소리가 들렸다. 흥분과 기쁨으로 몹시 떨리는 목소리다.

단운비가 뒤돌아보니 많은 행인들 틈에 낯선 두 사람의 모습이 보였다.

단운비로서는 처음 보는 사람들이다. 하지만 그는 목소리를 듣고 그들이 누군지 즉시 알아차렸다.

그들은 다름 아닌 삼 년여 전 항주성 하구촌의 불꼬챙이 손교와 그의 오빠 흑곰이었다.

예전에는 누더기 옷에 때가 뒤덮인 더러운 몰골이었는데 지금은 깔끔한 모습이라서 금세 알아보지 못한 것이다.

두 사람은 더없이 반가운 표정으로 나란히 서서 단운비를 바라보고 있었다.

손교는 눈물을 펑펑 쏟고 있으며, 우직한 흑곰마저도 눈물을 글썽거렸다.

신룡문에 들어갔다가 나오는 내내 무심한 표정이었던 단운비의 얼굴에 빙그레 훈훈한 미소가 떠올랐다.

"교아, 흑곰."

"으앙! 오빠!"

손교가 울면서 달려와 단운비 가슴에 뛰어들었다.

지금의 그녀는 더 이상 하구촌의 땟구정물 더러운 불꼬챙이가 아니다.

매일 한 차례씩 목욕을 하고, 따뜻한 요리를 먹으며, 깨끗한 옷을 입는 아리따운 아가씨로 변모해 있었다.

단운비 일행은 흑곰의 집에서 잠시 머물기로 했다.

흑곰은 신룡문에서 완전히 자리를 잡은 상태였다. 그는 이년 전에 말단에서 한 단계 승급하여 조장이 됐으며, 작년에는 분주(分主)가 되었다.

신룡문에서 가장 큰 조직은 전(殿)이고 그 아래가 당(堂), 그리고 향(香)이다.

각 향에는 열 개의 분(分)과 오십 개의 조(組)가 있는데, 일개 조는 열 명, 분은 오십 명으로 이루어져 있었다.

즉, 흑곰은 신룡문에 입문한 지 삼 년여 만에 오십 명을 거느린 분주가 된 것이다.

보통 분주가 되는 데 칠팔 년이 걸리는 것으로 미루어 그가 얼마나 빠른 승급을 했는지 알 수 있었다.

그것은 운이 좋아서가 아니다. 그만큼 피나는 노력을 했기에 가능한 일이었다.

흑곰은 분주가 되고 나서 녹봉이 두 배 이상으로 올라 생활이 안정되었다.

흑곰과 손교는 원래 신룡문 내의 숙소에서 지냈었는데, 흑곰이 분주가 된 이후에 그동안 사귀던 여자와 혼인을 하게 되어 신룡문 밖에 집을 얻어 신접살림을 차렸다.

물론 하나뿐인 여동생인 손교와 함께 살고 있는 것은 당연한 일이었다.

흑곰의 집은 일반 성민들이 사는 평범한 수준이었다. 대문을 열고 들어가면 아담한 마당이 나오고, 한 채의 건물과 창고 하나가 전부다. 집 안에는 세 칸의 방과 주방, 그리고 거실이 있다.

손교는 흑곰 내외와 한 방을 사용하고, 단운비와 청산이 또하나의 방을, 그리고 마지막 하나는 독고연지 혼자 사용하게 되었다.

하지만 단운비는 방이 정해지자마자 독고연지 방에 틀어박

혀서 꼼짝도 하지 않았다. 그녀의 몸에서 마기를 제거할 방법을 찾기 위해서였다.

독고연지는 침상에 반듯한 자세로 누워 있다. 그녀는 벌거벗은 나신 상태다.

처음에는 옷을 입은 채 단운비가 이 방법 저 방법을 시험했었는데, 시간이 지나면서 옷을 하나씩 벗게 되더니 결국에는 알몸이 된 것이다.

독고연지는 많이 부끄러웠으나 꾹 참고 단운비에게 몸을 맡긴 채 눈을 감고 있었다.

가끔 눈을 뜨면 땀을 뻘뻘 흘리면서 치료에 몰두하고 있는 단운비의 모습이 보였다.

그런 모습을 보면 독고연지는 크게 안심이 되었다. 그래서 단운비가 반드시 자신의 마기를 제거해 줄 것이라는 믿음이 생겼다.

그러다가는 문득 마기가 풀리지 않아도 좋으니까 지금처럼 단운비의 보호를 영원히 받았으면 좋겠다는 생각이 들기도 했다.

그리고는 깜짝 놀랐다. 자신이 단운비를 몹시 사랑하고 있다는 사실을 깨달은 것이다.

얼마 전까지만 해도 그녀는 단운비에게 호감이 발전한 애정 같은 것을 품고 있었다. 그러나 엄밀하게 말하자면 사랑은 아니었다.

그런데 지금은 그를 사랑하고 있는 것이 분명했다. 예전에 어른들이 하던 말씀이 생각났다.

남녀가 하룻밤 동안 함께 자고 나면 없던 애정도 생긴다는 말이었다.

그래서 독고연지는 그 말이 틀리지 않는다는 생각이 들었다. 하지만 꼭 그래서만은 아니다.

만약 두 사람이 정사를 하지 않았다고 해도 언젠가 독고연지는 그를 사랑하게 되었을 것이다. 그는 그만큼 매력있는 사내이기 때문이다.

독고연지의 몸은 원래 눈처럼 뽀얀 흰색이었으나 지금은 옅은 검은색이다.

그렇다고는 해도 그녀의 풍만하고 늘씬한 몸매가 사라진 것은 아니다. 그녀는 여전히 늘씬하고 아름다운 몸을 지니고 있었다.

"연지."

단운비가 조용히 부르는 바람에 독고연지는 이런저런 상상을 하다가 눈을 떴다.

"네?"

그런데 단운비는 좀 난감한 표정을 지으면서 그녀의 눈을 똑바로 쳐다보지 못했다.

"좀… 살펴봐야 할 곳이 있는데…….."

그가 얼굴까지 붉히면서 더듬거리자 독고연지는 그가 원하는 것을 즉시 알아차렸다.

필경 그녀의 은밀한 부위를 보려는 것이리라. 여태까지 그

녀의 온몸을 구석구석 자세히 살폈으나 단 한 군데 옥문 부위
는 아직 보지 않았다.

독고연지는 온몸을 뜨거운 물에 담근 것처럼 화끈거려서 얼
른 대답을 하지 못했다.

"그곳은… 그러니까……."

단운비는 독고연지가 이미 알아차린 것을 모르고 말을 잇지
못하면서 쩔쩔맸다.

제아무리 날고 기는 단운비지만 여자에겐 숙맥이다. 그가
알고 있는 여자는 한소진이 전부다.

그녀하고는 한 공간에서 알몸으로 함께 살 수밖에 없는 환
경적인 조건 때문에 가까워질 수밖에 없었다. 하지만 그곳에
있을 때 그는 한소진을 여자로서가 아닌 여동생 정도로만 생
각했었다.

결국 단운비는 차마 자신의 입으로 옥문을 봐야 하니까 다
리를 좀 벌려보라는 말을 하지 못하고 몸을 일으켰다.

"일어나서 옷을 입으시오."

"저… 할 수 있어요."

단운비가 문 쪽으로 몸을 돌리는데 독고연지가 조그만 목소
리로 말했다.

단운비가 돌아보자 그녀는 눈을 꼭 감고 살며시 다리를 벌
리고 있었다.

두 주먹을 힘주어서 움켜쥐고 있는 게 몹시 수줍어하고 긴
장하는 것이 분명했다.

두 사람은 몸을 섞은 사이면서도 서로 부끄러워서 어쩔 줄을 몰라 했다. 그 정사가 자연스러운 것이 아니었기 때문이다.

그렇다고 해서 단운비는 꼭 확인해 봐야 하는 부위를 지나치는 것도 께름칙했다.

그는 자신의 체내에 있던 마기가 자신의 음경을 통해서 독고연지의 옥문으로 주입되었기 때문에 그 연결 고리에 뭔가 실마리가 있지 않을까 생각하는 것이다.

어쨌든 그는 침상 가에 걸터앉아 독고연지의 하체로 몸을 엎드린 다음 얼굴을 그녀의 옥문에 가까이 가져갔다.

그런데 다리를 조금만 벌렸기 때문에 잘 보이지 않았다.

"조금만 더……."

독고연지는 입술을 꼭 깨물고 다리를 조금 더 벌렸다.

"조금만 더……."

벌리는 둥 마는 둥 해서 단운비가 다시 주문했다.

그러자 독고연지가 또다시 다리를 벌리는데 역시 마찬가지였다.

"실례하겠소."

"아!"

참다못한 단운비가 그녀의 두 다리를 잡고 번쩍 들고는 활짝 벌리자 그녀는 소스라치게 놀랐다.

그러나 반드시 치러야 할 일이기에 두 사람 다 부끄러움을 무릅쓰고 아무 말도 하지 않았다.

뚫어지게 옥문을 주시하고 또 벌리고 만져 보면서 살피던 단운비는 한순간 뚝 동작을 멈추었다.

'혹시?'

그의 시선은 옥문과 주변에 짙게 배어 있는 거무스름한 마기에 고정되었다.

그는 독고연지가 흡수한 마기가 요동치지 못하도록 그녀 체내의 여러 곳에 마기를 묶어두었다. 그런데 옥문 근처에는 그대로 남아 있는 것이다.

'흡자결(吸字訣)을 사용하면 가능할지도 모르겠다.'

다시 말하자면, 옥문과 일직선상이 되도록 마기를 유도한 후에 옥문을 통해서 일시에 마기를 빨아 당겨서 배출시키는 방법이다.

말은 간단하지만 마기를 옥문과 일직선상이 되도록 만드는 것은 정말 어려운 일이다. 그리고 흡자결을 일으키는 것은 그보다 더 힘들었다.

일직선상이라는 것은 말 그대로 일직선상이 아니다. 하나의 혈맥으로 이어지는 것을 뜻한다.

그것은 마기가 날뛰지 못하도록 묶어놓은 것보다 몇 배나 더 어려운 일이다.

그때부터 단운비는 추궁과혈의 수법을 발휘하여 독고연지 체내의 마기를 옥문과 일직선상이 되도록 유도하는 데 혼신의 노력을 기울였다.

두 시진이 지난 후에 가까스로 성공했을 때 단운비의 온몸에서는 땀이 비 오듯 했다.

그러나 한시도 쉴 수가 없다. 사람의 혈맥은 시간이 흐름에 따라서 위치가 바뀐다.

그러면 기껏 일직선상으로 만들어놓은 혈맥이 다시 바뀌기 때문에 그러기 전에 마기를 뽑아내야만 한다.

이 순간 독고연지의 몸은 변화를 일으킨 모습이다. 두 시진 전에는 온몸이 거무스름했었는데 지금은 원래의 흰 살결을 되찾았다.

다만 검은 선이 옥문 바로 위쪽 단전에서부터 구불구불하게 긴 띠를 이루고 있었다. 그것은 마치 붓으로 먹물을 찍어 길게 선을 그은 듯한 모습이었다.

마기가 일직선상을 이루고 있는 시간은 길어봐야 열다섯 호흡이 한계다.

그 시간 안에 마기를 뽑아내지 않으면 다시 두 시진 동안 진 땀을 흘리면서 다시 해야만 한다.

독고연지는 땀 범벅이 된 채 전력을 다하고 있는 단운비를 보면서 안쓰러운 마음이 들었다.

하지만 지금 그녀가 할 수 있는 일은 그가 하는 대로 지켜보면서 그저 가만히 있는 것뿐이었다.

이윽고 단운비는 독고연지의 두 다리를 활짝 벌리고 둔부를 최대한 들어 올리고는 옥문 앞에 자리를 잡고 앉았다.

그러자 그의 얼굴과 그녀의 옥문이 거의 수평을 이루었고 거리는 한 뼘에 불과했다.

이어서 그는 공력을 일으켜 오른 손바닥에 모으고 장심을 옥문에 최대한 밀착시켰다.

흡자결이라고 무조건 빨아 당기는 것이 아니다. 그랬다가는 자궁은 물론이고 모든 내장과 장기들이 옥문을 통해서 쏟아져 나올 것이다.

일직선상에 놓인 마기만을 요령껏 뽑아내야만 하는 것이 관건이다.

그러기 위해서는 현재 마기가 배열되어 있는 혈맥의 순서를 완전히 숙지하고 있어야만 한다.

독고연지는 두 다리를 한껏 벌리고 옥문을 활짝 드러낸 채 어깨로 바닥을 지탱하고 있는 민망한 자세를 취하고 있지만 조금도 수치스럽지 않았다.

단운비의 표정이 너무도 진지하고 엄숙했기 때문이다.

그때 그녀는 옥문을 덮은 단운비의 손에 힘이 가해지는 것을 느꼈다.

그리고는 뜨거운 기운이 옥문 안으로 쏟아져 들어오는 느낌을 받았다.

다음 순간 그녀는 등줄기 부위를 갈퀴 같은 것이 거세게 훑어 내리는 듯한 느낌을 받았다.

'아아…….'

눈을 뜨자 단운비가 있는 힘껏 어금니를 악물고 있는 모습이 시야에 확 들어왔다.

쿠우우.

바로 그때 방금 전의 갈퀴보다 훨씬 더 큰 갈퀴가 속을 다

긁어내는 듯한 괴이한 느낌이 엄습했다.

그러더니 단운비가 갑자기 옥문에서 손을 떼면서 무엇인가를 잡아 뽑는 시늉을 했다.

파아아—!

순간 독고연지의 옥문에서 새카만 먹물 같은 액체가 분수처럼 힘차게 뿜어져 나왔다.

그것은 마치 오랫동안 참고 참았던 오줌을 한꺼번에 뿜어내는 듯한 광경이었다.

한 마리 길고 새카만 뱀, 흑사(黑蛇) 같은 것이 순간적으로 허공에 뜬 채 꿈틀거렸다.

그때 단운비의 왼손이 활짝 펼쳐지며 그것을 향했다.

파아—

그의 손에서 뿜어진 화린장(火燐掌)이 허공에서 꿈틀거리는 흑사, 즉 마기를 순식간에 태워 버렸다.

화아아—!

그로써 단운비와 독고연지를 그토록 괴롭혔던 마기는 완전히 소멸되었고, 그녀의 몸은 예전의 눈부심을 되찾았다. 모든 게 끝난 것이다.

귀별금보의 효능이 해소되어 공력이 화경에 이른 단운비지만 마기를 제거하고 나서는 완전히 기진맥진했다.

하지만 그는 독고연지의 옥문을 자세히 살펴보았다. 혹시 하는 마음에서다.

우거진 방초(芳草)에 가려진 채 부끄러운 듯이 예쁘게 자리

잡은 옥문은 촉촉하게 물기를 머금은 채 오롯이 있었다. 마기의 기운은 어디에도 보이지 않았다.

단운비는 한소진하고 아홉 달 동안 벌거벗고 살았지만 여자의 옥문을 이렇게 가까이에서, 그리고 자세히 살펴보는 것은 처음이었다.

문득 그는 현실로 돌아왔다. 자신이 독고연지의 옥문을 자세히 들여다보고 있다는 사실을 깨달은 것이다.

그즈음에는 독고연지 역시 현실로 돌아온 상태라서 얼굴이 새빨개져서 단운비를 바라보고 있었다. 마치 단운비가 자신의 옥문 속으로 들어가는 듯한 느낌이 들었다.

그러다가 어느 순간 시선이 딱 마주치자 두 사람은 불에 덴 듯 화들짝 놀랐다.

"앗!"

"엇!"

그러자 단운비는 얼른 침상에서 내려와 헛기침을 하며 문으로 향했다.

"어험! 험! 옷 입으시오."

                    *   *   *

암살은 하남성 전역에서 동시다발적으로 일어났다.

불과 열흘 사이에 하남성 전역에서 무려 백오십삼 명이 잔인하게 암살당했다.

죽은 인물들은 하나같이 하남성 각 지역을 대표하는 명숙들
이었다.

　열흘에 걸쳐서 일어난 백오십삼 건의 암살은 공통점이 없다
는 특징이 있었다.

　어떤 자는 쥐도 새도 모르게 죽임을 당했으며, 어떤 자는 방,
문파의 고수들이 암살자들과 치열하게 싸우다가 몰살을 당했
다.

　그렇기 때문에 그 암살들이 한 인물이나 한 조직에 의해서
자행된 것이라고 보기 어려웠다.

　그러나 단 한 가지의 공통점이 있다면, 죽은 백오십삼 명의
시체가 목내이(미라)로 변했다는 사실뿐이었다.

　즉, 암살자가 그들의 공력을 모조리 흡수했다는 뜻이다. 그
것은 또한 암살자의 공력이 그만큼 고강해졌다는 의미이기도
하다.

　열흘에 걸친 백오십삼 건의 암살은 한밤중인 해시(밤 10시)
에서 다음날 새벽 인시(새벽 4시) 사이에 일어났다.

　하남성 전역에는 극도의 긴장이 감돌았다. 신룡문을 비롯한
수많은 방, 문파의 고수들이 암살자들을 색출하느라 눈을 시
퍼렇게 뜨고 거리를 돌아다녔다.

　그러나 수천 명이 수색을 했어도 단 하나의 단서조차도 찾
아내지 못했다.

　암살 사건은 미궁에 빠졌다. 마치 밤만 되면 살귀(殺鬼)가
나타나서 추호의 흔적을 남기지 않고 살인을 저지르는 것 같

왔다.

　열하루째 늦은 아침, 신룡문에 일단의 무리가 방문했다.
　그들은 놀랍게도 구대문파의 인물들이었다.
　낙양성 인근 숭산에 위치한 소림사와 낙양성 남쪽 오백여
리에 위치한 무당파, 그리고 아미파, 곤륜파, 공동파, 청성파
등 구대문파의 승려와 도사 수백 명이 느닷없이 신룡문에 찾
아온 것이다.
　구대문파를 이끌고 온 무당파의 장문인 현공 진인(玄空眞人)
과 소림사의 장문인 혜원 선사(慧元禪師)는 일곱 명의 장문인
과 함께 신룡문주 단도후를 접견했다.
　구대문파는 모두 강북무림에 위치해 있다. 말하자면 신룡문
의 세력하에 있는 것이다.
　오래전부터 구대문파도 신룡문이 강북무림의 절대자라는
사실을 암묵적으로 인정해 오고 있었다.
　어떤 형태로든 인정한다는 것은 구대문파 자신들이 신룡문
의 지배하에 있다는 사실까지도 인정한다는 뜻이다.
　강남무림의 금검보가 그런 것처럼, 강북무림도 신룡문이 정
한 규칙과 법이 있었다.
　강북무림에 속한 모든 방, 문파와 무림인들은 그 규칙과 법
에 따라야 한다.
　따르지 않을 경우에는 두 가지 결과가 뒤따른다. 강북무림
을 떠나던가 아니면 제재를 받는 것이다.

구대문파라고 예외는 아니다. 하지만 구대문파의 특수성 때문에 거의 수행만을 행하고 있는 그들은 신룡문이 정한 규칙이나 법에 어긋나는 행동을 하지 않았다. 그래서 제재를 받을 일도 없었다.

그러므로 신룡문은 구대문파를 건드리지 않고, 그들 역시 신룡문이 하는 대로 방임한 채 오십여 년의 세월을 묵묵히 지냈던 것이다.

그런 그들이 마침내 이번 사태를 맞이하여 하산해서 전격적으로 신룡문에 찾아온 것이다.

한바탕 어수선한 인사가 오고 간 후에 무당 장문인 현공 진인이 먼저 가라앉은 목소리로 입을 열었다.

"무량수불… 빈도들은 금번 하남성 내에서 일어난 일련의 암살 사건 때문에 하산하게 되었소이다."

맞은편에 앉은 단도후는 그럴 줄 알았다는 듯한 표정으로 묵묵히 고개를 끄덕였다.

현공 진인이 진중한 표정으로 말을 이었다.

"문주 도우께서 이번 사건에 대해서 자세히 설명을 해주신 후에 빈도들은 문주 도우의 명에 따라서 이번 사건을 해결하는 데 힘을 보태고 싶소이다."

단도후는 희미한 미소를 지으며 고개를 끄덕였다.

"고맙소. 내 기꺼이 설명해 드리겠소."

이후 단도후는 단운비와 청산에게 들었던 내용과 지난 열흘 동안 하남성 내에서 벌어진 암살 사건에 대해서 차분하게 설명을 시작했다.

*   *   *

  흑곰의 집 식당에 온가족이 둘러앉았다.
  식탁이 좁아서 모두들 바투 당겨서 앉았지만 불편한 표정을 짓는 사람은 아무도 없었다.
  단운비와 독고연지, 청산은 한소진과 비소도가 하남성 전역에서 암살을 벌이고 있는 일 때문에 신경이 곤두서 있지만 겉으로 내색하지는 않았다.
  그나마 하루 세 차례 모두들 둘러앉아서 식사를 할 때가 가장 즐거운 한때였다.
  독고연지와 흑곰의 만삭의 부인을 제외한 네 사람은 삼 년여 전 항주성 하구촌에서의 추억을 얘기하느라 시간 가는 줄 몰랐다.
  독고연지는 그들의 대화를 들으면서 단운비가 낯선 항주성 하구촌에 버려진 이후 어떻게 살았는지를 비로소 자세히 알게 되었다.
  "그런데……."
  대화가 뜸해지자 손교가 독고연지를 흘끔거리면서 단운비에게 조심스럽게 물었다.
  "저 언니는 누구예요?"

열흘 동안 한집에 있었으면서도 손교와 흑곰은 독고연지가 누군지 알지 못했다.

단운비는 담담히 미소 지었다.

"금검보의 소보주야."

그렇게 말하고 나서 그는 어떤 생각 때문에 웃음이 났다.

과거 그가 하구촌에서 처음 정신을 차렸을 때 손교가 누구냐고 묻자 자신은 신룡문의 소문주라고 대답했던 기억이 난 것이다.

그 당시에 손교는 코웃음을 치면서 '네가 신룡문 소문주면 나는 금검보 소보주다' 라고 소리쳤었다.

그런데 지금 이 자리에서 금검보 소보주가 단운비의 소개를 받고 있으니 묘한 우연이었다.

손교와 흑곰, 그리고 그의 아내는 너무 놀라서 눈을 커다랗게 뜨고 독고연지를 쳐다보았다.

그들은 그동안 단운비와 독고연지가 사이좋게 지내는 것을 보고 두 사람이 연인 사이일 것이라고 짐작했었다.

"어쩜! 두 분 너무 잘 어울려요!"

"제수씨, 앞으로 운비가 잘못하는 것이 있으면 무엇이든 내게 말하시오!"

손교와 흑곰은 자신들의 일인 양 크게 기뻐했다.

독고연지는 그들이 자신을 마치 단운비의 부인인 것처럼 대하자 기쁘면서도 부끄러워서 고개를 숙였다.

한바탕 우스갯소리가 가을바람처럼 지나가고 나서는 무거

운 침묵이 찾아왔다.

그것은 단운비와 독고연지, 청산의 가슴속 밑바닥에 깔려 있는 본질적인 침묵이다.

한소진과 비소도에 대한 강박감 때문이다. 그래서 계속 웃고 떠들 수만은 없는 것이다. 대화하다가 끊어지면 자연히 한소진의 일이 생각났다.

"단 상공, 그들이 하남성에 대해서 지나칠 정도로 정확하게 알고 있는 것 같지 않아요?"

독고연지는 줄곧 생각하고 있던 것을 조심스럽게 입 밖으로 꺼냈다.

필경 한소진과 비소도의 살수들은 하남성이 초행이거나 잘 모를 텐데도 지난 열흘 동안의 움직임으로 미루어봤을 때 그들은 하남성을 손바닥의 손금을 보듯이 구석구석 환하게 알고 있는 것 같았다.

예로부터 하남성은 중원이라고 불렸다. 그만큼 문물이 번성하고 역사가 깊으며 천하의 어느 지역보다도 많은 사람들이 모여 살기 때문이다.

그런 하남성을 한소진과 비소도가 너무 잘 알고 있어서 이상하다고 생각하는 독고연지였다.

"사전에 답사를 한 것 같지는 않아요. 그렇다면 방법은 하나뿐이에요."

단운비는 무림에 대해서 잘 모르는 반면에 독고연지는 무림의 일이라면 누구보다 훤하다.

"뭔가 짚이는 것이 있소?"

"그들은 아마 개방을 장악한 것 같아요."

"개방을……."

무림에는 문외한인 단운비도 개방이 어떤 존재라는 것쯤은 어렴풋이 알고 있었다. 어느 집에 숟가락이 몇 개 있다는 것까지도 알고 있으며, 개방이 모르는 것은 하늘도 모른다는 말이 있을 정도였다.

그런 개방을 한소진이 미리 장악해 두었다면 하남성 전역을 제집처럼 드나드는 것은 이상한 일이 아니었다.

독고연지는 단운비를 바라보면서 의중을 물었다.

"단 상공은 어떻게 생각하세요?"

단운비는 독고연지의 말을 들으면서 이미 생각을 끝냈다. 그녀의 말은 충분히 일리가 있었다.

"낙양에도 개방이 있소?"

"물론이에요. 천하무림에 개방의 거지들이 없는 곳은 한 군데도 없어요."

단운비는 고개를 끄덕였다.

"그렇다면 개방을 감시하는 것이 좋겠소. 비소도가 개방을 장악했다면 연결 고리를 찾을 수 있을 것이오."

청산이 공손히 말하면서 일어섰다.

"속하가 감시하겠습니다."

그러자 잠자코 듣고 있던 흑곰이 나섰다.

"만약 감시하다가 이상한 점이 발견되면 어떻게 운비에게

알리겠습니까?'

그 말에 모두 입을 다물었다. 단운비 일행은 세 명뿐이라서 뭔가 이상한 점을 발견하면 감시하고 있던 청산이 달려오는 수밖에 없었기 때문이다.

급한 상황이라면 그로 인해서 시간을 허비해야만 하고, 일을 그르치게 될지도 모른다.

흑곰이 빙그레 미소를 지었다.

"내가 개방 낙양 분타에 아는 친구가 있네."

듣던 중 반가운 소리다.

"원래 내 태생이 거지라서 어딜 가더라도 거지 친구를 만나야지만 겨우 마음이 놓인다네. 그래서 낙양에서 제일 먼저 친해진 자가 개방 낙양 분타에서 조장으로 있는 소걸개(小乞丐)라는 친구일세."

손교가 손뼉을 치며 반색했다.

"소걸개 오빠는 십여 명의 거지를 거느리고 있으니까 딱 맞춤이야!"

흑곰은 고개를 끄덕이고 나서 일어섰다.

"내가 지금 당장 가서 소걸개를 데려오겠네."

第五十二章

구대문파

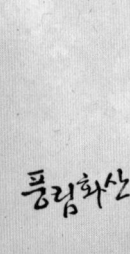
풍림화산

흑곰이 나간 후에 잠시 침묵이 흘렀다.

흑곰의 부인과 손교가 식탁을 정리하고 난 후 주방에서 설거지를 하는 소리가 들렸다.

"연지."

문득 단운비가 조용히 입을 열었다.

"나는 그녀를 포기할 수가 없소."

그렇게 한소진에게 당했으면서도 그녀를 포기할 수 없다고 말하는 단운비다.

그만큼 그녀를 사랑하고 있다는 뜻일 게다. 하기야 이 정도에서 포기한다면 그의 사랑은 다른 사람들의 여느 사랑이나 다름이 없을 것이다.

원래 그는 무림의 일에는 추호의 관심이 없었다. 대천회가 무림을 제패하는 것에도 관심이 없다.

그러므로 한소진에게 당한 이후에 무림을 떠났어야 옳다. 다시 창천해상단의 해룡신으로 돌아가든, 은거를 하든 하는 것이 마땅하다.

그런데 그는 그렇게 하지 않았다. 아니, 오히려 그토록 증오하고 있던 신룡문에 찾아가서 한소진과 비소도에 대해서 경고까지 했다.

그랬을 때 독고연지는 어느 정도 짐작을 했었다. 그가 아직도 한소진을 포기하지 못했다는 사실을.

"알아요."

독고연지는 다소곳이 대답했다. 자신과 몸까지 섞은 단운비가 그렇게 말하면 서운할 수도 있는데 그녀는 그렇게 생각하지 않았다.

이제 그녀는 단운비가 결코 가벼운 사람이 아니며, 한 번 사람을 믿거나 정을 주면 절대로 쉽게 포기하지 않는다는 사실을 알게 되었다.

만약 그가 독고연지를 사랑하게 되면 그 역시 어느 누구도 흉내조차 내지 못하는 깊은 사랑이 될 터이다.

그녀는 단운비가 자신에게 이런 말을 해준다는 것을 위안으로 삼았다.

얼마 전 같으면 그는 독고연지에게 일언반구 말도 없이 일을 진행시켰을 것이다.

하지만 지금의 독고연지는 얼마 전의 독고연지가 아니다. 그녀는 이제 단운비에게 중요한 사람, 아니, 여자가 됐다. 그래서 단운비는 그에 합당한 대우를 해주는 것이다.

그때 단운비의 입에서 벼락같은 말이 흘러나왔다.

"연지가 그녀를 포기하라고 말하면 그렇게 하겠소."

독고연지도 청산도 크게 놀랐다. 설마 단운비가 그런 말을 할 줄은 예상하지 못했다.

단운비는 결정권을 독고연지에게 일임한 것이다. 자신의 향후 진로를 그녀의 결정에 맡기겠다는 뜻이다.

그래서 지금 독고연지의 한마디는 매우 중요하다. 단운비는 물론이고 자신의 그녀의 결정 여하에 달려 있기 때문이다.

단운비는 책임을 독고연지에게 전가하려는 것이 아니다. 그녀의 의견을 높이 사려는 것이다. 그녀가 현명한 여자라고 믿기 때문이다.

독고연지는 한소진에 대해서 전혀 모른다. 아는 것이라곤 그녀가 천마신이 됐다는 사실뿐이다.

그러나 단운비에 대해서는 잘 알고 있었다. 그는 이제 독고연지의 소중한 사람이 되었다.

그녀가 만약 자신의 욕심만 생각해서 한소진을 포기하라고 한다면 단운비는 그대로 따를 것이다.

하지만 평생 한소진을 가슴속에 묻은 채 살아갈 것이다. 그러면서 독고연지에겐 내색하지 않을 것이다.

그렇게 된다면 독고연지는 그것을 평생 지고 가야 할 형벌이라고 생각한다. 단운비에게도, 그리고 자신에게도.

독고연지는 엷은 미소를 지으면서 조용히 말했다.

"그녀를 다시 만나세요. 그리고 단 상공이 할 수 있는 한 최선을 다하도록 하세요. 어떤 결과가 나오더라도 한 점 후회가 없도록 말이에요."

청산은 깜짝 놀라며 독고연지를 쳐다보았다. 설마 그녀가 그런 결정을 내릴 줄은 예상하지 못했다.

단운비가 독고연지의 결정에 따르겠다고 한 것이나, 그녀의 결정 둘 다 청산을 놀라게 만들었다.

단운비는 자세를 바로 하고 독고연지에게 가볍게 고개를 숙여 보였다.

"고맙소."

그의 진심 어린 태도에 독고연지는 자신이 잘 결정한 것이라는 생각이 들었다.

청산이 데리고 온 소걸개는 단운비와 독고연지의 신분을 알고 나서는 혼비백산해서 그 자리에 엎드린 채 일어날 줄을 몰랐다.

단운비와 청산이 한동안 어르고 달래서야 소걸개는 겨우 일어났다.

하지만 감히 앉을 생각은 하지도 못하고 공손히 시립한 자세로 서서 얘기를 들었다.

단운비는 가만히 있고 독고연지가 대천회와 독천, 즉 비소도의 발호에 대해서 자세히 설명했다.

소걸개 같은 개방의 말단 거지에게 지나칠 정도로 상세한 설명을 하는 이유는, 소걸개의 역할이 그만큼 중요하기 때문이다.

그가 협조를 하느냐 하지 않느냐에 따라서 단운비 일행이 먼 길을 힘겹게 돌아가느냐 가까운 길로 빠르고 정확하게 갈 수 있느냐가 결정되기 때문이다.

소걸개가 앞뒤 꽉 막힌 사람이라면 독고연지의 구구절절 상세한 설명을 듣고 나서도 나는 모른다고 나자빠질 수도 있는 일이다.

설명을 하면서도 독고연지와 단운비 등은 그가 현명한 사람이기를 빌었다.

그의 도움은 순전히 자발적이어야지 협박으로 될 일이 아니기 때문이다.

그런데 독고연지의 설명이 막판으로 향할수록 소걸개의 표정이 점차 심각해졌다.

그러더니 그녀의 설명이 끝나자 누더기를 입고 퀴퀴한 냄새 나는 몸을 한차례 세차게 떨었다.

"그런… 것이었습니까?"

밑도 끝도 없는 말이다. 그러나 총명한 독고연지는 그의 말뜻을 알아들었다.

"그래요. 소걸개 형제도 뭔가 짚이는 것이 있지요?"

소걸개는 고개를 푹 숙이더니 잠시 후에 고개를 들고 입술을 깨물며 입을 열었다.

"그렇습니다. 요즘 낙양 분타가 몹시 어수선하고 분타주 이하 모든 분들이 극도로 긴장하고 또 불안한 모습을 보이는 것이 과연 그것 때문이었군요."

일개 조장인 소걸개는 낙양 분타에서 일어나는 일이 무엇 때문인지 알지 못했었다.

소걸개는 분하다는 듯 주먹을 움켜쥐고 허공에 흔들었다.

"개방이 그런 자들에게 굴복하다니……."

그는 무엇인가 마음속으로 짚이는 바가 있기 때문에 분노하고 있는 것이다.

그렇다면 비소도가 개방을 장악했을 것이라는 독고연지의 추측이 옳은 듯하다.

독고연지는 진지한 표정을 지었다.

"개방 전체인지 낙양 분타만 그런 것인지는 아직 분명하지 않아요. 그리고 아마도 비소도는 개방이 꼼짝하지 못하는 약점을 쥐고 있는 것 같군요."

소걸개는 눈곱이 끼어 있는 눈을 커다랗게 떴다.

"약점이라굽쇼?"

"그렇지 않고는 명문대파인 개방이 그토록 쉽사리 비소도에 굴복했을 리가 없어요. 예를 들어 북경성에 있는 본타 방주나 낙양 분타주의 생명줄을 비소도가 쥐고 있다면 확실한 약점일 수 있지요."

소걸개는 머릿속에서 불이 환하게 밝혀지는 듯한 표정을 지었다.

"그렇군요."

그는 독고연지를 주시하면서 간절한 표정을 지었다.

"정말 그렇다면 저의 한 목숨을 바쳐서라도 반드시 사태를 밝혀내고 복수를 하고야 말겠습니다. 제가 무엇을 어떻게 해야 하는지 가르쳐 주십시오."

단운비는 모든 것을 독고연지에게 맡긴 듯 묵묵히 지켜보기만 했다.

독고연지는 이 일에 대해서 이미 생각해둔 바가 있었다.

"두 가지 일을 해주세요."

"말씀만 하십시오."

개방에 대한 자부심이 대단한 소걸개는 무슨 수를 써서라도 자신이 이 일을 해결하는 데 일조를 해야겠다고 결심했다.

지금 그의 앞에 앉아 있는 사람은 신룡문 소문주와 금검보 소보주다. 그런 엄청난 인물들이 소걸개 같은 거지를 속일 리가 없다.

그리고 소걸개 자신이 생각해 봐도 요즘 개방 낙양 분타는 뭔가 많이 이상했다.

"낙양 분타주가 지금 현재 어디에 있으며 그에게 이상한 점은 없는지, 그리고 수상한 자들이 낙양 분타에 찾아오면 즉시 우리에게 알려주세요."

소걸개는 힘차게 고개를 끄덕였다.

"둘 다 제가 할 수 있는 일입니다. 염려 마십시오. 목숨을 바쳐서라도 꼭 완수하겠습니다."

그는 방을 나가기 전에 한마디를 덧붙였다.

"수상한 자들이 나타나면 즉시 제 수하를 보내겠습니다."

소걸개가 돌아가고 단운비는 독고연지와 함께 그녀의 방으로 갔다.

마기가 제거된 이후 그녀의 상태가 어떤지 한 번 확인해 보기 위해서다.

그녀가 침상에 가부좌로 앉아서 한차례 운공조식을 하고 난 후에 단운비는 그녀의 등 뒤에 앉아서 명문혈에 장심을 밀착시키고 약간의 진기를 주입시켰다.

이어서 진기를 그녀의 체내에 두루 일 주천시키면서 뭔가 이상이 없는지 유무를 살폈다.

그러는 사이에 독고연지는 지그시 눈을 감고 있는데 유난히 길고 우아한 속눈썹이 가늘게 파르르 떨렸다.

온몸이 찌릿찌릿할 정도로 행복하고, 자신의 앞날에 기쁨만 가득할 것 같은 생각이 충만했다.

단운비가 그녀를 얼마나 소중하게 여기는지 지금 단운비가 해주는 이런 자상함만 봐도 느낄 수가 있었다.

이윽고 단운비는 그녀의 명문혈에서 손을 떼고 담담하게 입을 열었다.

"이상한 점은 전혀 없소. 정상이오."

"고마워요."

독고연지는 살포시 인사하고 침상에서 내려서는데 단운비

가 그녀를 불렀다.

"연지."

"말씀하세요."

"지난번에 불러주었던 검법 금검파천 구결의 후반부를 가르쳐 주겠소?"

"물론이에요."

독고연지는 기쁜 표정을 지었다. 지난번에 낙양으로 오는 마차 안에서 그녀는 금검보의 성명검법인 금검파천의 구결을 단운비에게 전수했었다.

그런데 정주에 갔던 청산이 돌아오는 바람에 후반부에 막 들어가려다가 그만두어야 했었다.

두 사람은 침상 위에 서로 마주 보고 가부좌로 앉아서 독고연지는 구결을 읊어주고 단운비는 들었다.

금검파천 구결은 워낙 길고 또 난해하기 때문에 보통 사람이라면 수십 번, 아니, 백 번 이상 듣고서도 외우는 일이 결코 쉽지 않았다.

그래서 독고연지는 금검파천 전체 구결을 최소한 다섯 번은 읊어줘야 단운비가 외울 수 있을 것이라고 생각했다.

그녀 자신은 예전 십이 세 때 금검파천 구결 전체를 세 번 듣고 다 외웠었다.

그렇기 때문에 귀재로 알려져 있는 단운비는 다섯 번 정도 들으면 외울 수 있을 것이라고 판단한 것이다.

또한 독고연지는 부친에게서 구결에 대해서 자세히 설명을 열 차례 듣고는 완벽하게 이해를 했었다.

그래서 단운비는 이십 번 정도 설명을 하면 이해할 것이라고 예상을 했다.

그것은 그녀가 단운비를 과소평가해서가 아니라 오히려 굉장한 귀재라고 생각하기 때문에 높이 평가한 것이다.

하지만 그가 아무리 귀재라고 해도 독고연지 자신에 비해서는 조금 못 미칠 것이라고 짐작했다.

지금까지 경험으로 미루어봤을 때 그녀는 자신의 천재성에 버금갈 만한 사람을 한 명도 본 적이 없었다.

반 시진 후, 이윽고 독고연지는 금검파천 후반부 구결을 모두 읊고 나서 잠시 여유를 둔 후에 미소 지으면서 말문을 열었다.

"다시 한 번 읊어드릴 테니까 잘 들으세요."

"그럴 필요 없소."

단운비가 고개를 저으면서 침상에서 내려가자 독고연지는 의아한 표정을 지었다. 하지만 그녀는 그가 바쁜 일이 있어서 그만 들으려는 것이라고 여겼다.

"그럼 다음에 읊어드리겠어요."

"그러지 않아도 되오."

독고연지가 침상에서 내려서며 공손히 말하자 단운비는 손을 저었다.

그러자 그녀의 얼굴에 서운한 기색이 흐릿하게 떠올랐다가 금세 사라졌다.

그녀는 단운비가 금검파천의 구결을 들어보고 나서는 흥미를 잃은 것이라고 생각한 것이다. 그런데 단운비의 다음 말이 그녀를 어이없게 만들었다.

"연지 덕분에 훌륭한 검법을 알게 됐소. 고맙소."

"……"

독고연지는 뭐라고 말해야 할지 일순간 할 말을 잃었다. 설마 단운비는 금검파천을 익히려는 것이 아니고 말 그대로 어떤 검법인지 한 번 들어보는 것으로 만족하려고 한 것이 아닌가 하는 생각이 들었다.

"시간이 나면 그대와 함께 금검파천을 실제로 전개해 보도록 합시다."

태연한 단운비의 말에 독고연지는 머릿속이 복잡해졌다. 그가 도대체 무슨 생각으로 그런 말을 하는 것인지 헤아릴 수가 없었다.

"소녀는 단 상공의 말씀이 무슨 뜻인지 잘 모르겠어요."

그녀는 솔직한 성격이라서 자신의 생각을 곧바로 얘기했다.

단운비는 빙그레 미소를 지었다.

"금검파천 구결을 외우고 이해했으니까 다음 순서는 실제로 전개해 보는 것이 아니오?"

독고연지는 쇠망치로 머리를 한 대 얻어맞은 듯한 충격을 받았다.

"구결을 다 외우고… 이해하셨다는 말씀인가요?"

"그렇소."

"말도 안 돼… 어떻게 그런 일이……."

그녀는 너무 놀라서 말을 잇지 못했다.

그런데 오히려 단운비가 의아한 표정을 지었다.

"내가 뭔가 잘못한 것이오?"

독고연지는 다시 한 번 확인할 필요를 느꼈다. 자신이 잘못 들은 것이라고 생각한 것이다.

"설마 단 상공께선 금검파천 구결을 단 한 번 듣고 모두 외운 것은 물론이고 이해까지 하셨단 말씀인가요?"

"그렇소."

단운비는 담담히 고개를 끄덕였다.

독고연지는 단운비의 표정을 보고 그가 농담을 하는 것이 아니라고 생각했다. 또한 그는 원래 농담 같은 것을 하지 않는 사람이라고 알고 있었다.

그녀는 망연자실한 얼굴로 단운비를 바라보았다. 단운비가 사람으로 보이지 않았다.

'맙소사… 어떻게 이런 일이 가능하단 말인가……!'

단운비의 두뇌를 자신보다 아래로 여겼던 그녀는 부끄러움으로 얼굴이 화끈거렸다.

또한 자신의 정인이 천하에 둘도 없는 천재라는 사실을 알게 되어 기쁨이 하늘을 찌를 듯했다.

흑곰은 밤이 이슥해서야 집에 돌아왔다.

한소진, 아니, 천마신이 이끄는 비소도의 암살 사건 때문에 신룡문을 비롯한 하남무림 전체 방, 문파들이 총동원되어 검문과 수색을 하는 동시에 대비를 하고 있었기 때문이다.

흑곰이 집에 돌아오고 나서 얼마 지나지 않아 누군가 조용히 문을 두드리는 소리가 들렸다.

흑곰은 옷도 갈아입을 사이 없이 문을 나갔다가 허둥지둥 다시 들어와서 놀란 얼굴로 단운비에게 말했다.

"운비, 대장로께서 찾아오셨다."

대장로라는 것은 신룡문의 신룡삼협 중에 첫째인 일협을 가리키는 것이다.

단운비는 일협 곽남정(郭南征)이 흑곰의 뒤를 미행해서 집까지 찾아왔다는 사실을 깨달았다.

곽남정의 목적은 단운비를 만나려는 것일 게다. 부친이 보냈는지 곽남정 스스로 온 것인지 알 수 없으나, 무슨 목적인지는 짐작할 수 있었다.

아마도 부친과 단운비를 화해시키려는 의도일 것이다. 하지만 단운비는 무슨 일이 있어도 부친을 용서하고 싶은 마음이 없었다.

그렇지만 흑곰의 집까지 찾아온 곽남정을 문전박대는 것은 곤란하다.

곽남정은 쉽사리 물러가지 않을 테고, 무슨 수를 써서라도 단운비를 만나려고 할 것이다.

또한 그를 섣불리 대했다가는 신룡문 수하인 흑곰과 손교가 곤란해질 수도 있었다.

과연 단운비가 짐작했던 대로 곽남정은 단운비와 단도후의 화해를 목적으로 찾아왔다.

곽남정은 삼 년여 전에 단운비를 항주성 하구촌에 내다 버린 일이 자신의 계획이었으며 단도후는 마지못해서 허락한 것이라고 설명했다.

그러니까 부친을 원망해서는 안 되며 지금 당장 신룡문에 가서 부친을 뵙고 용서를 빌어야 한다고 설득했다.

단운비가 익히 알고 있는 바로는, 곽남정을 비롯한 신룡삼협은 성품이 공명정대하기 때문에 그런 일을 꾸밀 사람들이 아니다.

곽남정은 자신이 죄를 덮어쓰고 단운비와 단도후를 화해시키려는 것이 분명하다.

그렇지만 그런 말을 듣고서도 단운비가 추호도 흔들리지 않는 것을 보고는 곽남정은 씁쓸한 표정을 지었다.

"내가 보기에 너는 문주에 버금갈 정도의 절정고수가 된 것 같더구나. 지금처럼 어수선할 때에 네가 문주 곁을 지켜주면 든든하련만."

더 들을 얘기가 없는 단운비는 이제 그만 일어나야겠다고 생각했다.

"아무런 상관이 없는 구대문파 장문인들도 문주를 돕겠다고 찾아왔거늘, 어찌 아들인 네가 모른 체한단 말이냐?"

곽남정은 지나가는 말로 단운비를 책망했다.

그 말에 단운비는 가볍게 표정이 변했다. 구대문파 장문인들의 출현은 예상하지 못했던 일이다.

그가 옆에 앉은 독고연지를 쳐다보려는데 그녀의 전음이 먼저 들려왔다.

[북문남보가 무림을 장악한 이후 구대문파는 무림의 일에 전혀 관심이 없었어요. 그랬던 그들이 신룡문에 찾아왔다는 것은 좀 이상하군요.]

그녀의 말이 단운비의 의심을 더욱 짙게 만들었다.

어쩌면 무림의 일에 깊이 개입되어 있는 사람보다 단운비처럼 무림하고 무관한 사람의 보는 눈이 더 정확할 수도 있는 법이다.

그는 자신의 의심을 확인할 필요를 느꼈다. 그래서 곽남정을 이용하기로 했다.

"한 가지 해줘야 할 일이 있습니다."

여태 무관심으로 일관하던 단운비가 뜬금없이 부탁을 하자 곽남정은 솔깃했다.

"무슨 일이냐? 뭐든지 말만 해라."

"우선 신룡문에 찾아온 구대문파 장문인에 대해서 좀 더 자세히 설명해 주십시오."

부친과 화해를 하겠다는 내용이 아니라서 곽남정의 얼굴에 실망한 기색이 스쳤다.

"구대문파 장문인들이 본 문에 찾아온 것은 전혀 예상하지 않았던 일이다."

이어서 곽남정은 그들이 하남성에서 일어난 백수십 건의 암

살 사건 때문에 하산했으며, 그 일을 저지른 비소도에 대해서
는 아무것도 모르고 있더라고 설명했다.

또한 그들은 암살 사건을 저지른 자들을 응징하기 위해서
총력을 기울여서 신룡문을 돕겠다고 했다는 것이다.

단운비와 독고연지는 서로 쳐다보면서 의미있는 시선을 교
환했다.

두 사람은 갑자기 출현해서 암살 사건을 들먹이는 구대문파
장문인들이 수상하다고 여겼다.

지금껏 무림에서 무슨 일이 벌어져도 일체 관심을 보이지
않던 구대문파가 비소도의 암살 사건에만 유독 관심을 보이고
또 총력을 기울여서 돕겠다고 운운하는 것이 무슨 흑심이 있
는 것 같았다.

또한 하필이면 한소진과 비소도가 낙양성에 출현한 시기에
맞춰서 구대문파가 나타난 것도 의심쩍었다.

그리고 마지막 하나, 산동성에서 출발한 대천회 고수 천여
명의 행적이 묘연한 것이 이상했다.

천여 명이라면 결코 적은 수가 아니라서 아무리 숨어서 다
닌다고 해도 쉽사리 눈에 띈다.

그런데 그들의 모습은 어디에서도 발견되지 않았다. 산동성
대천회로 되돌아가지 않고 낙양성 내로 들어왔다면, 때마침
출현한 구대문파를 의심할 수밖에 없는 상황인 것이다.

곽남정은 구대문파 장문인에 대해서 설명을 마친 후에 궁금
한 얼굴로 물었다.

"내가 할 일이 무엇이냐?"

"구대문파 장문인들을 감시해 주십시오."

단운비는 거두절미 본론을 들이밀었다.

당연히 곽남정은 놀란 표정을 지었다.

"구대문파 장문인을 감시해? 무엇 때문이냐?"

"감시하면 알게 될 것입니다."

곽남정은 이맛살을 찌푸렸다. 단운비가 명령조로 말해서가 아니라 구대문파 장문인들을 감시하는 이유조차 모른다는 것 때문이다.

그런데 단운비는 한술 더 떴다.

"이 일은 어느 누구에게도 비밀로 해주십시오."

곽남정은 다소 어이없는 듯한 표정으로 단운비를 쳐다보면서 대답을 하지 않았다.

"내키지 않으면 이 일을 하지 않으셔도 됩니다."

상대의 화를 돋우어서 하게 만드는 격장지계가 아니다. 단운비는 그가 이 일을 해줘도 그만 안 해줘도 그만이라고 생각했다.

오십삼 세의 곽남정은 입이 무겁고 신망이 두터운 사람이라서 약속을 하면 하늘이 무너져도 반드시 지킨다.

이윽고 곽남정이 고개를 끄덕였다.

"알았다. 그리하마."

그는 어떤 형태로든 단운비하고 연결되어 있어야 한다고 생각했다.

그가 부탁을 한 것은 큰 발전이다. 그것을 거절하면 자연히 연결 고리는 끊어질 것이다.

곽남정은 단운비 옆에 한 폭의 그림처럼 다소곳이 앉아 있는 독고연지를 쳐다보았다.

그녀는 마치 단운비의 그림자인 양 손가락조차 움직이지 않고 있었다.

그녀가 이따금 눈을 깜빡이지 않았다면 썩 잘 그린 한 폭의 미인화인 줄 알았을 것이다.

곽남정은 시선을 독고연지에게 고정시키고 입으로는 단운비에게 물었다.

"이분 낭자는 누구냐?"

이대로 아무런 성과 없이 돌아가는 것이 마뜩찮기 때문에 뭐든 얘깃거리를 찾으려는 곽남정이었다.

그는 한 번도 독고연지를 본 적이 없었다. 하지만 이렇게 아름다운 여자라면 필시 무명소졸이 아닐 것이라고 생각했다.

또한 단운비가 열흘 전에 신룡문에 찾아왔을 때 업고 있던 사람이 바로 독고연지였을 것이라고 추측했다.

아마 그 당시에는 아팠고, 이제는 다 나은 모양이라고 더불어 추측했다.

그렇다면 그녀와 단운비는 보통 사이가 아닐 것이라는 게 곽남정의 생각이다.

단운비는 대답 대신 자리에서 일어섰다.

"그만 돌아가십시오."

축객이다.

 곽남정이 돌아가자마자 기다렸다는 듯이 한 명의 거지가 흑
곰 집으로 들어섰다.
 "소걸개 조장이 단 상공을 모셔오라고 했습니다."
 그렇지 않아도 소걸개로부터 연락을 기다리고 있던 단운비
는 독고연지, 청산과 함께 즉시 자신을 부조장이라고 소개한
거지를 따라나섰다.
 "저를 따라오십시오."
 부조장은 어두운 성내 거리를 전력으로 질주했으나 단운비
등이 달리는 것에 비해서는 걸어가는 수준이라서 느리기 짝이
없었다.
 그때 청산이 소리없이 부조장 옆으로 다가가더니 그의 한쪽
어깨를 잡았다.
 슈우우―
 "으헛!"
 그리고는 부조장이 전력으로 달리던 것보다 대여섯 배 이상
빠른 속도로 청산이 튀어 나가자 부조장은 소스라치게 놀라
헛바람 소리를 터뜨렸다.
 청산은 전방을 주시한 채 조용히 말했다.
 "너는 안내만 해라."

第五十三章
결별 선언

풍림화산

부조장이 단운비 일행을 안내한 곳은 낙양성 외곽에 위치한 어느 대장원이 바라보이는 골목 어귀였다.

그곳에서 기다리고 있던 소걸개가 단운비 일행을 보자마자 대장원을 가리키며 공손히 전음을 보냈다.

[수상한 자 세 명이 일각 전에 사해방(四海幫) 안으로 잠입했습니다.]

단운비와 독고연지, 청산은 쥐 죽은 듯이 고요한 대장원을 주시했다.

그리고 청산이 사해방에 대해서 전음으로 설명했다.

[사해방은 낙양성에서 신룡문 다음으로 큰 세력을 지닌 방파입니다. 방주 사해일군(四海一君)은 신룡문주의 오른팔 같은

충성스러운 인물입니다.]

뒤를 이어 소걸개가 다시 전음을 보냈다.

[본 방의 낙양 분타주가 세 명의 혈의경장인을 직접 이곳으로 안내했습니다.]

[그중에 여자가 있었소?]

단운비는 대장원에서 시선을 떼지 않은 채 물었다. 한소진이 있는지 궁금해서다.

[없었습니다.]

거지의 대답에 단운비는 조금 실망하는 표정을 지었다.

그렇다고 물러날 생각은 없었다. 사해방에 잠입한 자를 제압해서 족치면 한소진의 행방을 알 수 있을 것이다.

단운비는 소걸개를 돌아보며 고개를 끄덕였다.

[수고했소. 돌아가서 계속 감시해 주시오.]

소걸개와 부조장은 공손히 허리를 굽힌 후에 골목 안쪽 어둠 속으로 총총히 사라져 갔다.

단운비는 비소도의 살수들이 사해방주 사해일군을 암살하는 것을 제지할 생각은 추호도 없었다. 놈들이 암살을 끝내고 나오기를 기다릴 생각이다.

하남성과 낙양성은 암살 사건으로 초긴장 상태이므로 살수들이 사해일군을 암살하는 것은 쉽지 않을 터이다.

단운비는 사해방의 앞쪽을, 독고연지가 오른쪽, 청산이 뒤쪽을 지키고 있었다.

사해방의 왼쪽이 비었으나 단운비가 앞쪽과 왼쪽을 동시에 지키기로 했다.

사해방은 워낙 거대하기 때문에 눈으로 보는 것만으로는 감시를 할 수가 없기에 공력을 극대화시켜서 청력으로도 감시를 해야만 한다.

소걸개는 세 명의 살수가 일각 전에 사해방에 잠입했다고 말했었다.

그로부터 다시 일각이 흘렀는데도 사해방에서는 아무런 소리도 기척도 나지 않았고 나오는 자도 없다.

단운비는 인내심을 갖고 더 기다려 보기로 했다. 살수에 대해서는 잘 모르지만, 살수들이 잠입하자마자 무작정 표적을 암살하는 것은 아니라는 생각이 들었다.

더구나 백수십 건의 암살 사건으로 하남성과 낙양성의 방, 문파들이 경계를 삼엄하게 하고 있는 판국이라서 암살이 더욱 어려워졌을 것이다.

그로부터 반 시진이 더 지났을 무렵에 사해방 오른쪽을 감시하던 독고연지로부터 다급한 전음이 전해졌다.

[단 상공! 놈들이 지금 북쪽으로 가고 있어요!]

그 즉시 단운비는 전력으로 북쪽을 향해 쏘아가면서 전음으로 청산을 불렀다.

세 명의 살수가 사해일군을 암살했는지 어땠는지에 대해서는 조금도 궁금하지 않았다.

단운비는 사해방 북쪽 성의 높은 담을 넘은 후 곧게 뻗은 관도를 오백 장쯤 달리다가 전방 백여 장쯤에서 달리고 있는 독고연지의 뒷모습을 발견했다.

그녀는 경공을 발휘하면서 가끔씩 관도 변의 나무에 몸을 숨기곤 했다.

그녀의 앞쪽 삼백여 장 거리에 세 명의 혈의경장인이 달리고 있는 모습이 보였다.

단운비와 그들의 거리는 무려 사백여 장에 달하고 캄캄한 밤중이었지만 그의 눈에는 그들의 동작 하나까지도 선명하게 보였다.

그때 문득 단운비는 신선하고 차가운 물 냄새를 맡았다. 관도 세 명의 혈의경장인이 달려가고 있는 앞쪽에 강, 즉 황하가 있는 것이다.

어쩌면 그들이 비소도에 타려는 것일지 모른다는 생각이 들었다. 그렇다면 생각보다 수월하게 한소진을 만날 수 있을 것이다.

뒤돌아보니 청산의 모습이 보이지 않았다. 그의 경공으로는 전력으로 달리는 단운비를 쫓아오지 못하는 것이 당연하다.

청산을 기다릴 수도, 그렇다고 그가 따라오도록 흔적을 남길 여유도 없었다.

단운비는 독고연지 뒤로 기척없이 다가가서 왼팔로 그녀의 허리를 가만히 안았다.

그녀는 깜짝 놀랐으나 소리를 지르지는 않았다. 자신의 허리를 안은 사람이 단운비라는 사실을 확인하고는 배시시 행복한 미소를 지었다.

스으.

갑자기 단운비가 독고연지를 안고 비스듬히 허공으로 솟구쳐 오르자 눈 깜빡할 사이에 지상에서 삼십여 장 높이에 이르렀다.

이어서 그 높이에서 마치 활공하는 독수리처럼 유유히 비행해 나갔다. 이른바 어기비행술이다.

그는 관도를 물 흐르듯이 달리고 있는 세 명의 살수 머리 위에서 그들을 굽어보면서 비행했다.

하지만 그들은 단운비의 존재를 추호도 감지하지 못하고 이따금씩 뒤와 좌우를 둘러볼 뿐이었다.

이윽고 살수들은 황하에 도착했다. 하지만 황하 근처에서는 단운비가 기대하던 비소도의 모습이 보이지 않았다.

살수들은 강변에 이르러서 강둑 위를 달리기 시작하더니 잠시 후에 울창한 숲 속으로 들어갔다.

단운비는 나무 때문에 그들이 더 이상 보이지 않자 소리없이 하강하여 숲에 내려섰다.

바닥에는 낙엽이 수북했으나 살수들은 아무런 소리도 내지 않고 나무 사이를 요리조리 피하며 계속 달렸다.

단운비는 백여 장의 거리를 두고 살수들을 뒤쫓았으나 어느 순간 갑자기 살수들의 모습이 시야에서 사라졌다.

가볍게 당황한 단운비는 주변을 샅샅이 살피기 시작했다.

[저기 보세요.]

그때 독고연지가 한쪽 방향을 가리키며 전음을 보냈다.

그녀가 가리킨 곳은 나무와 키 큰 풀이 무성한데 그 속에 몹시 낡은 토지묘가 한 채 웅크리고 있었다.

자세히 살펴보지 않으면 발견할 수 없을 정도로 오랜 세월 동안 숲과 일체가 되어버린 토지묘였다.

갑자기 사라진 살수들은 토지묘로 들어간 것이 분명했다. 그러나 그들이 비소도로 가지 않고 어째서 토지묘로 들어갔는지는 알 수 없는 일이었다.

세 명의 살수는 바람만 심하게 불어도 무너질 것 같은 낡은 토지묘 안의 먼지가 수북한 바닥에 앉아서 묵묵히 건육과 건량을 먹고 있었다.

그들은 식사를 하는 동안 한마디도 하지 않더니, 식사가 끝나자 가부좌의 자세로 운공조식을 시작했다.

잠시 후에 토지묘 입구를 통해서 안으로 단운비와 독고연지가 기척없이 들어섰다.

독고연지는 단운비 뒤에 불과 한 걸음 간격으로 바짝 따라붙었는데, 마치 그의 그림자 같았다.

두 사람이 들어섰으나 세 살수는 추호도 모른 채 운공조식에만 열중하고 있었다.

단운비는 세 명을 슥 쳐다보더니 대뜸 오른손을 들어 검지와 중지 손가락을 동시에 가볍게 튕겨냈다.

파팍!

두 줄기 반투명한 지풍이 일직선으로 뻗어 나가 살수 두 명의 미간을 간단하게 관통해 버렸다.

그들은 자신들이 누구에게 무엇 때문에 죽는지도 모른 채 이승을 떠났다.

순간 두 살수의 미간이 관통되는 소리를 듣고 나머지 한 명이 번쩍 눈을 떴다.

그는 몇 걸음 앞쪽에 나란히 우뚝 서서 자신을 주시하고 있는 단운비와 독고연지를 발견하곤 눈을 커다랗게 뜨며 놀랐다.

하지만 운공조식 중이라서 어쩔 도리가 없다. 지금 상황에서는 누군가 그를 건드리기만 해도 주화입마에 들어 피를 토하고 말 것이다.

살수는 단운비와 독고연지가 묵묵히 서서 지켜보는 것을 눈도 깜빡이지 않고 쏘아보면서 서둘러 운공조식을 마무리했다. 그러나 급습을 하기 위해서 겉으로는 티를 내지 않으려고 애썼다.

어느새 그는 운공조식을 끝내고 공력을 끌어올리자마자 벼락같이 튕겨 일어나며 양손으로 쌍장을 발출하면서 단운비와 독고연지를 동시에 공격했다.

파앗!

그러나 시야에서 단운비와 독고연지 모습이 유령처럼 사라지고, 살수의 쌍장은 허공을 스쳐 지나 토지묘의 벽에 적중되었다.

쾅! 우르르—

그 바람에 낡아빠진 토지묘가 순식간에 무너져 버렸다.

하지만 살수는 토지묘 지붕을 뚫고 쏜살같이 허공으로 솟구쳐 올랐다.

그는 허공에서 재빨리 주위를 둘러보다가 움찔 놀랐다. 바로 뒤에 단운비가 그림자처럼 따라붙고 있는 것을 발견했기 때문이다.

파파팍!

그는 손을 쓸 새도 없이 단운비에 의해서 찰나지간에 마혈과 아혈이 제압되어 바닥으로 추락하여 나뒹굴었다.

쿵!

살수 옆에 내려선 단운비는 슬쩍 손을 흔들었다.

파파파팍!

순간 여러 줄기의 지풍이 발출되어 살수의 상체 십여 군데 혈도를 가볍게 격타했다.

그러자 살수의 몸이 펄쩍 바닥에서 반 자나 튀어 올랐다가 떨어지는가 싶더니 그때부터 온몸을 미친 듯이 부들부들 떨어대기 시작했다.

단운비가 그의 주요 혈맥 십여 군데를 제압했기 때문에 혈류가 막혀서 극심한 고통을 당하는 것이다.

단운비는 고문하는 방법 같은 것을 모른다. 단지 이런 식의 방법을 사용하면 상대가 극도의 고통을 받을 것이라는 생각을 한 것이다.

아혈이 제압된 상태라서 비명은커녕 신음조차 흘리지 못하는 살수는 온몸을 사시나무 떨듯이 떨어대면서 두 눈을 찢어질 듯이 부릅떴으며 잔뜩 벌린 입안에서 목젖이 마구 흔들렸다.

그는 고통이 극에 달해서 차라리 죽는 것이 낫다는 생각이 들 정도였다.

하지만 단운비는 그에게 물을 것이 있으므로 자비를 베풀 생각이 추호도 없었다.

단운비는 팔짱을 낀 채 살수를 굽어보았다. 그가 모든 것을 포기할 때까지 기다리고 있는 것이다.

독고연지는 살수의 입에서 게거품 같은 침이 흘러나오고, 똥오줌을 싸는 것을 보고는 고개를 돌려 버렸다.

"끄으으……."

살수의 눈에서 눈동자가 사라지고 찢어질 듯 벌어진 입속에서 괴상한 소리가 흘러나왔다.

아혈이 제압됐으나 그 소리는 쥐어짜는 목 안과 비틀어진 내장이 내는 소리다.

이윽고 단운비는 손을 뻗어 몇 줄기 지풍을 날려서 살수를 고통에서 해방시켜 주었고, 또한 아혈도 풀어주었다. 조금만 더 지속하면 고통 때문에 죽을 수도 있기 때문이었다.

살수의 몸이 패대기 쳐놓은 문어처럼 축 늘어졌다.

"비소도는 어디에 있느냐?"

살수가 몸을 후들후들 떨면서 눈동자가 마구 흔들리고 있을 때 단운비의 첫 질문이 시작됐다.

살수는 대답하지 않았다. 아니, 아직 제정신을 차리지 못해서 대답을 할 정신이 없는 것이다.

그의 몸에서 고통이 사라지고 빠르게 평온이 찾아들기를 기다렸다가 단운비는 다시 지풍을 날렸다. 살수가 아직 대답할 준비가 되지 않았다고 판단한 것이다.

파파파팍!

그러자 살수는 다시 처절한 고통에 휩싸였다. 고통 중에 느끼는 고통보다는 평온을 되찾았다가 다시 느끼는 고통이야말로 견디기 어려운 것이다.

"끄으으……."

두 번째 고통에서 살수는 게거품은 물론 입과 코, 눈, 귀에서 피를 흘렸다.

고통이 최고조에 달했을 즈음에 단운비는 다시 혈도를 풀어 주었다.

"비소도는 어디에 있느냐?"

그리고는 조금 전과 똑같은 질문을 했다.

"크으으… 두… 시진 후에… 이곳으로… 우리를 데리러 올 것이다……. 으으… 어서… 죽여다오……."

살수는 또다시 고통을 당하게 될까 봐 일그러진 얼굴로 급히 대답했다.

단운비는 강변 둑 위에 서서 굽이쳐 흐르는 드넓은 황하를 바라보았다.

그는 자신이 필요한 정보들을 모두 알아낸 후에 살수를 깨끗하게 즉사시켰다. 고통에서 영원히 해방시켜 준 것이다.

죽은 살수의 실토에 의하면, 비소도의 도주는 천마신 한소진이고, 사무살의 나머지 세 명이 그녀의 최측근이며 직속 수하다. 그런데 얼마 전에 사무살의 한 명인 혈삼이 원인 모를 죽음을 당했다고 한다.

오늘 밤에 단운비가 죽인 세 명의 살수는 사무살을 호위하는 역할인 삼십육비로 키워진 자들이며 이십칠비와 이십팔비, 이십구비였다.

한소진을 비롯한 삼무살은 각자, 그리고 삼십육비는 암살 대상의 실력에 따라서 두 명이나 세 명씩 조를 이루어 오늘 밤의 살행에 나섰다고 한다.

살행이 끝나고 각자 지정된 장소에서 기다리고 있으면 비소도가 그들을 일일이 태우러 오기로 되어 있었다.

"두 시진이라……."

골똘히 생각에 잠겨 있던 단운비가 문득 나직이 중얼거렸다.

그는 옆에 서 있는 독고연지를 쳐다보면서 물었다.

"비소도를 차도살인지계로 공격하는 것이 어떻겠소?"

총명한 독고연지는 그의 말뜻을 즉시 알아차렸다.

"신룡문에게 알리는 것인가요?"

신룡문이 최대한 빨리 고수들을 모아서 이곳에 도착하는 데에는 한 시진이면 충분할 것이다.

신룡문은 암살자들을 잡으려고 혈안이 돼 있으므로 비소도에 대한 정보를 알려주기만 하면 만사 제쳐 두고 총력을 기울일 것이다.

신룡문이 매복해 있다가 비소도를 공격할 때 단운비는 한소진만을 상대해서 제압하면 될 것이다.

하지만 독고연지는 단운비의 깊은 속내를 전부 파악하지는 못했다.

"구대문파에게도 따로 알리는 것은 어떻소?"

"아!"

독고연지는 감탄했다. 그녀는 거기까지는 생각하지 못했던 것이다.

신룡문에게만 알리면 자연히 구대문파도 따라올 것이다. 하지만 구대문파에게 은밀히 따로 알리면 그들은 아마 따로 행동을 취할지도 모른다.

말하자면 구대문파에게 알리는 것으로 두 가지를 노리자는 뜻이다.

첫째, 구대문파가 과연 대천회인가 하는 것을 알아내는 것이고, 둘째, 첫 번째 짐작이 맞았을 경우에 구대문파가 신룡문하고 따로 행동을 하면 더욱 필사적으로 비소도를 압박할 터이다.

그렇게 되면 비소도는 꼼짝없이 독 안에 든 쥐 신세가 돼버리고, 단운비가 한소진을 제압할 가능성은 훨씬 더 높아질 것이다.

독고연지는 두말할 필요도 없다는 듯 찬성했다.

"최상의 방법이에요."

"청산, 신룡문과 구대문파 둘 다에게 이 사실을 은밀하게 알려라."

단운비가 명령을 하자 뒤쪽에 서 있던 청산이 공손히 허리를 굽힌 후에 어둠 속으로 사라졌다.

축시(丑時:새벽 2시).

청산은 단운비가 휴식을 취하고 있는 강가의 바위 뒤로 빠르게 쏘아왔다.

[주군, 신룡문이 당도했습니다.]

그는 두 개의 커다란 바위가 서로 기대어 있는 안쪽 바닥에 앉아 있는 단운비에게 공손히 전음으로 보고했다.

[구대문파는 어떤가요?]

단운비 옆에 다소곳이 앉아 있는 독고연지가 단운비 대신 물었다.

[분명히 전하기는 했습니다만, 신룡문과 함께 오지는 않았습니다.]

그렇다면 일단 성공이라고 봐야 한다. 구대문파가 신룡문과 따로 행동을 한다면 대천회일 가능성이 높다. 그리고 아마 구대문파는 따로 비소도를 공격할 것이다.

신룡문과 금검보는 생사령이 전해준 독고연지의 서찰을 읽고 각자 전력의 육 할 정도를 산동성에 있는 대천회 본거지로 보냈었다.

신룡문이 현재 전력의 사 할 정도만 남아 있다고 해도 무시 못할 위력이다.

더구나 낙양성에 있는 방, 문파들의 고수들을 대거 이끌고 왔을 테니 그 세력이야 두말할 필요가 없다.

게다가 구대문파의 고수들까지 합세해서 공격하면 아무리 한소진이 천마신이라고 해도 비소도는 괴멸할 수밖에 없는 상황이다.

[신룡문의 세력은 얼마나 되나요?]

[약 이천오백입니다.]

예상했던 것보다 훨씬 많은 수다.

[신룡문 세력은 비소도가 나타날 예정인 장소 주변 적소에 매복하고 있는 중입니다. 또한 수십 척의 배도 준비되어 은밀히 감춰져 있습니다.]

[수고했어요.]

독고연지가 미소 지으면서 치하하자 청산은 웃을 듯 말 듯 한 표정으로 고개를 숙였다.

[별말씀을.]

단운비와 독고연지, 청산이 있는 곳은 비소도가 나타날 곳으로부터 십여 리 정도 하류다.

신룡문과 구대문파가 포위망을 넓게 칠 것에 대비해서 멀찌 감치 물러나 있는 것이다.

비소도가 상류나 하류 중에 어디에서 올는지 모르는 일이 다. 상류에서 온다면 조금 곤란해질 수 있고, 하류에서 거슬러 오른다면 단운비 일행이 있는 곳을 지나가게 될 것이기에 좀 더 유리하다.

비소도가 세 명의 살수를 데리러 오는 시각은 간시(艮時:새 벽 3시)고, 앞으로 이각 정도 남았다.

단운비는 바위 안쪽 아담한 공간에 앉아 있고 그 앞에 독고 연지와 청산이 마주 보는 자세로 앉아 있었다.

독고연지는 항상 단운비 곁에 있는데 지금은 그가 할 말이 있다기에 앞에 앉은 것이다.

평소에도 굳은 듯 진지한 표정인 단운비지만, 지금은 더욱 진지한 모습이었다.

그래서 독고연지와 청산은 자못 긴장했다. 두 사람은 단운 비가 무슨 말을 할 것인지 마음속으로 나름대로 분주하게 생 각해 보았으나 도통 짐작이 가지 않았다.

하지만 한 가지만은 분명했다. 좋지 않은 내용일 것이라는 사실이다.

"연지."

침묵을 깨고 단운비가 나직이 부르자 독고연지는 화들짝 놀 라 자신도 모르게 상체를 꼿꼿하게 세우면서 그를 똑바로 주 시했다.

"그대에겐 죽어서도 갚지 못할 은혜를 입었소."

문득 독고연지는 불길함이 엄습하는 것을 느꼈다. 단운비의 다음 말이 불길하지 않을 것이라고 애써 강하게 부인해 보지만 무기력할 뿐이다.

"그대는 이제 금검보로 돌아가도록 하시오. 그동안 고생이 많았소."

"……."

결별 선언이다.

독고연지는 가슴이 철렁 내려앉았다. 그녀는 망연자실한 얼굴로 단운비를 바라보았다.

그러나 그의 얼굴에 미안함은 떠올랐을망정 돌이키지 못할 만큼 단호했다.

"나는 한소진을 절대로 포기할 수도, 버릴 수도 없소. 오늘 나는 무슨 수를 써서라도 그녀를 데리고 아무도 모르는 곳으로 떠날 생각이오."

독고연지는 슬픔이 복받쳐 올랐으나 아무 말도 하지 못하고 고개만 숙이고 있었다.

"미안하오."

단운비는 그 말 외에는 달리 할 말이 없었다.

그가 독고연지에게 한소진을 어떻게 했으면 좋겠느냐고 결정을 내려달라고 했을 때 이미 이런 운명이 정해졌었던 것이다.

청산은 독고연지를 힐끗 쳐다보았다. 그는 독고연지가 울면

서 단운비를 붙잡거나 자신을 버리지 말아달라고 애원이라도
하기를 바랐다.

하지만 그녀는 끝끝내 한마디도 하지 않고 고개만 숙이고
있었다.

청산은 지금 그녀의 가슴이 갈가리 찢어질 것이라고 짐작만
할 뿐이었다.

"청산."

그것으로 끝이다. 단운비는 독고연지의 일을 마무리했다고
여기고는 이번에는 청산을 불렀다.

"하… 명하십시오."

청산의 말은 평소처럼 공손하지 않았다.

그러나 단운비는 무시했다.

"지금 이 순간부터 너는 네 갈 길을 가라."

단운비가 독고연지에게 무정한 결별을 선언했을 때 청산도
자신의 운명을 예감했었다.

그러나 막상 자신의 순서가 되자 청산은 아무 말도 할 수가
없다. 할 말이 없었다.

조금 전에는 독고연지의 심정을 막연하게나마 느꼈었는데,
지금은 자신의 비애보다 그녀의 아픔이 천만 배쯤 더 클 것이
라는 사실을 깨달았다.

단운비는 독고연지에게는 미안하다는 말이라도 했으나 청
산에게는 이것으로 끝이었다.

그는 말을 마치고 일어나서는 뒤도 돌아보지 않고 어둠 속

으로 쏘아갔다.

그가 떠나는 기척을 느끼자 독고연지는 다급히 번쩍 고개를 들었다.

그녀는 가늘게 몸을 떨면서 단운비가 어둠 속으로 점점 빠르게 사라져 가는 모습을 하염없이 바라보았다.

그리고 끝내 그의 모습이 보이지 않게 되자 쏟아내듯이 왈칵 울음을 터뜨렸다.

"으흐흑!"

독고연지의 슬픔 앞에서 청산은 자신의 비애를 느낄 엄두가 나지 않았다.

그는 어떻게 독고연지를 위로해야 할지 몰라서 허둥거렸으나 그녀를 위해서 해줄 수 있는 것은 아무것도 없다는 사실을 깨닫고 더욱 비참해졌다.

"흐흐흐흑……!"

캄캄한 황하 강변 백사장의 바위 틈새에서 애절한 여인의 울음소리가 흘러나와 밤바람 속으로 흩어졌다.

약속 시각인 간시가 됐으나 비소도는 나타나지 않았다.

단운비는 어기비행을 전개하여 지상에서 이십여 장 허공에 뜬 채 아래를 굽어보고 있는 중이었다.

그의 이목에 황하 양쪽에 매복해 있는 신룡문 세력이 곳곳에서 발견되었다.

그러나 높은 곳에서 내려다보니까 발견된 것이지 워낙 잘 숨어 있어서 비소도에서는 보이지 않을 것이다.

비소도가 나타나기만 하면 그야말로 이 자리가 무덤이 되고 말 터이다.

그때 청력을 극대화시키고 있는 단운비의 귀에 어떤 소리가 감지되었다.

황하의 상류 쪽인데 많은 사람들이 한데 어울려서 치열하게 싸우는 소리였으며, 꽤 먼 곳에서 들려왔다.

순간 단운비는 구대문파가 미리 길목을 지키고 있다가 비소도를 급습한 것이라고 판단했다.

구대문파가 비소도를 단독으로 급습할 리가 없다. 한 가지 이유가 있다면 그들이 대천회이기 때문이다. 이로써 구대문파가 대천회라는 사실이 명백해졌다.

싸우는 소리가 들리는 곳은 이곳으로부터 상류 쪽 삼십여 리 지점이다.

신룡문에서는 아직 아무도 그것을 감지하지 못한 듯했다.

그것은 신룡문에서 단운비에 버금가는 고수가 한 명도 없다는 뜻이기도 했다.

단운비는 마음이 급했다. 하지만 그냥 갈 수는 없다. 싸움에 신룡문까지 가세를 해야 비소도가 더 완벽하게 괴멸될 것이기 때문이다.

빠르게 아래를 훑어보던 그의 시선이 한곳에서 멈추었다.

강둑 위 어느 숲 속 나무 그루터기에 부친 단도후가 의젓하게 앉아 있는 모습을 발견한 것이다.

사람을 골라서 알려줄 여유가 없는 그는 즉시 단도후에게 전음을 보냈다.

　[상류 삼십여 리 지점에서 비소도와 구대문파가 싸우고 있습니다.]

　그러자 단도후가 움찔하더니 재빨리 사방을 둘러보는 모습이 보였다.

　하지만 아무도 찾지 못한 그는 잠시 생각하는 듯하더니 측근들에게 전음으로 뭔가를 지시했다.

　순간 단도후를 비롯한 수백 명이 매복한 장소에서 벗어나 상류 쪽으로 쏘아가기 시작했다.

　그러나 그 자리에 절반 정도는 그대로 남겨두었다. 전음이 가짜일 경우를 대비한 용의주도한 결정이었다.

　거기까지 확인한 단운비는 공력을 끌어올려 상류를 향해 빛처럼 쏘아갔다.

第五十四章

잘 가세요

풍림화산

단운비가 가장 먼저 발견한 것은 넓은 폭의 강 한가운데에
서 거대한 불길이 치솟고 있는 광경이었다.

그것은 마치 강 한복판에 있는 커다란 섬 전체가 불타고 있
는 듯했다.

비소도가 맹렬하게 불타고 있는 광경이었다. 구대문파, 아
니, 대천회는 비소도에 불부터 질러놓은 후에 공격을 퍼부은
것이 분명했다.

단운비가 조금 더 가깝게 날아가자 비소도 갑판 위와 주변
강상에서 셀 수도 없이 많은 자들이 치열하게 싸우고 있는 광
경이 보였다.

비소도 갑판에서는 거센 불길 속에서 대천회와 비소도의 고

수들이 싸우느라 아비규환을 이루고 있었다.

또한 비소도에서 내려진 작은 배 수십 척의 고수들과 대천회의 작은 배 수십 척의 고수들이 강상에서 몇 개의 덩어리로 어울려서 싸우고 있었다.

강에는 이미 수백 구의 시체들이 떠 있었으며, 황하의 누런 물빛은 사라지고 그 대신 핏물이 온 강물을 시뻘겋게 물들인 광경이다.

단운비는 재빨리 비소도와 주위를 둘러보며 한소진을 찾아 보았으나 쉽게 발견되지 않았다.

비소도 고수는 팔백여 명이고 대천회는 사백여 명이다. 비소도는 원래 천여 명이었으니 이백여 명이 죽었고, 대천회는 오백여 명에서 백여 명이 죽은 상황이다.

그걸 보면 대천회가 더 강한 듯하다. 그들은 정예 고수를 선발해 왔기 때문에 강할 수밖에 없었다.

비소도의 강점은 어둠 속에 숨어서 은밀하게 행동하며 적을 암살하는 것이다.

그런 비소도가 어둠 속에서 밝은 곳으로 드러났으니 강점이 사라져 버렸다.

전면전에서는 비소도가 약할 수밖에 없다. 그것이 지금 여실히 드러나고 있었다.

그때 문득 단운비의 눈이 빛났다. 불타고 있는 비소도 중심부의 누각 꼭대기 층에서 한소진이 싸우고 있는 모습을 발견한 것이다.

한소진과 싸우고 있는 것은 무당파 장문인 현공 진인과 소림사 장문인 혜원 선사, 그리고 곤륜파 장문인 곤륜 대현(崑崙大賢), 아미파 장문인 녹장 신니(綠杖神尼)다.

한소진은 혼자가 아니다. 그녀와 등진 자세로 혈이가 싸우고 있었다.

한소진과 혈이 두 사람이 구대문파의 쟁쟁한 네 명의 장문인과 싸우면서 약간 우세를 점하고 있는 광경이었다.

비소도에서 두 번째로 고강한 혈이는 본래의 실력을 제대로 발휘하지 못하고 있는 형편이었다.

왜냐하면 과거 자신의 사부였던 현공 진인과 일대일로 싸우고 있었기 때문이다.

하지만 한소진이 워낙 고강하기 때문에 네 명의 장문인 중에서 세 명을 너끈히 상대하고 있었다.

그녀는 자신을 공격하고 있는 자들의 정체를 아직도 모르고 있었다. 상대가 누군지도 모르는 상태에서 무작정 싸우고 있는 것이다.

혈이는 절반만 알고 있었다. 구대문파 장문인들이 비소도를 공격하는 것이라고만 알고 있는 것이다.

한소진은 얼마 전에 단운비와 싸웠을 때보다 훨씬 고강해진 상태다.

그동안 백수십 차례의 암살을 하면서 상대를 죽이기 전에 공력을 흡수하여 자신의 것으로 만들었기 때문이다. 그녀는 천마신을 눈앞에 두고 있었다.

"이놈, 공청(空靑)아! 네가 이런 천인공노한 살수였다니! 당장 무릎을 꿇지 못하겠느냐?"

현공 진인은 삼 년여 전에 자신의 제자였던 혈이의 도명(道命)을 부르면서 신랄하게 공격을 퍼붓고 있었다.

사실 현공 진인은 신룡문주와 금검보주를 훨씬 능가하는 초절고수다.

혜원 선사나 곤륜 대현, 녹장 신니 등 팔대문파 장문인들은 신룡문주, 금검보주와 비슷하거나 그보다 반 수 정도 아래 수준이다.

그런데 어떤 목적을 위해서 여태껏 자신들의 진짜 실력을 감추고 있었던 것이다.

최초에 대천회를 결성하자고 주장한 인물은 현공 진인이었다.

천하무림이 신룡문과 금검보에 의해서 좌지우지되는 것을 더 이상 지켜볼 수 없다는 생각 때문이었다.

그는 오래전부터 그런 계획을 품고 있었기에 이십 년 넘게 폐관을 해서 무당파 절학에 두루 정통하게 되었다.

하지만 자신 한 사람만 강해서는 신룡문과 금검보를 붕괴시킬 수 없었다.

신룡문과 금검보 자체만으로도 거대하지만, 그들을 추종하는 방, 문파들이 수천에 이르기 때문이다.

그래서 구대문파를 설득, 규합했으며 대천회라는 것을 결성하기에 이른 것이다.

신성한 목적을 품고 있으면 수단마저도 신성하게 만든다는 지론을 갖고 있는 그들이다.

그리고는 신룡문주와 금검보주를 비롯한 그를 따르는 천하 무림의 방, 문파들의 수장들 삼천여 명을 암살하기 위해서 삼천혈세록을 작성했으며, 살비굉규, 즉 사무살과 삼십육비를 양성했던 것이다.

그런데 살비굉규가 성공하기 직전에 어찌 된 일인지 일이 틀어져 버리고 말았다.

그동안 그 이유를 몰랐으나, 이제 보니까 사무살의 무혼살, 즉 한소진이 반란을 일으켜서 삼천존을 개로 만들고 독천을 장악 비소도로 만들어서 천하를 제패하겠다는 헛된 망상을 꾸고 있었던 것이다.

혈이 공청은 사부 현공 진인을 상대로 싸우며 제대로 실력을 발휘하지 못했다. 과거의 사부를 상대로 하는 싸움이기 때문이다.

그렇지 않아도 현공 진인에 비해서 두어 수 하수인 그인지라 일 초 일 초를 간신히 버티고 있는 실정이었다.

현공 진인은 어깨에 장검을 멘 채 쌍수만으로 공청을 상대하고 있었다.

"이놈! 네가 죽음을 재촉하는구나!"

위잉!

순간 현공 진인이 버럭 호통을 치면서 오른손 일장을 뻗자 여태까지와는 다른 푸른빛의 강맹한 장력이 폭발하듯이 뿜어졌다.

장력이 너무 빨라서 공청은 피하거나 반격하지도 못했다. 다만 참담한 표정으로 한차례 눈을 껌뻑거리며 자신을 향해 쏘아오는 푸른빛의 장력을 쳐다볼 뿐이다.

퍼엉!

"으악!"

푸른빛의 장력은 공청의 앙가슴에 고스란히 적중되어 그를 빨랫줄처럼 허공으로 날려 보냈다.

날아가면서 공청은 쪼개진 가슴으로 피를 쏟으며 숨이 끊어졌다. 사부에 의해서 즉사당한 것이다.

사악!

"악!"

그때 아미파 장문인 녹장 신니가 날카로운 비명을 터뜨리며 비틀거리면서 뒤로 물러났다.

그녀의 신물인 녹장을 쥐고 있던 오른팔이 어깨에서 잘려 나가 바닥에 떨어지고 있었다.

"깔깔깔깔! 네놈들이 내 상대가 될 것 같으냐?"

한소진은 피가 뚝뚝 떨어지는 시뻘건 검을 쥐고 요기스럽게 교소를 터뜨렸다.

"무량수불! 장문인들은 모두 이리 오시오!"

현공 진인이 쩌렁하게 외치면서 한소진을 향해 쌍장을 휘두르며 덮쳐 갔다.

큐우웅!

방금 전에 공청을 죽인 것보다 두 배 이상 강력한 장력이 무시무시하게 뿜어졌다.

"깔깔깔! 모조리 덤벼라!"

그러나 한소진은 무서움 따위는 모른다는 듯 교소를 터뜨리며 왼손을 뻗었다.

순간 언뜻 시뻘건 아수라의 모습이 내비치는 핏빛 혈류가 현공 진인을 향해 곧장 뿜어졌다.

"천마강(天魔罡)!"

소림사 장문인 혜원 선사가 놀라서 소리쳤다.

꽈릉!

그 순간 엄청난 폭음이 터지더니 현공 진인이 세 걸음 묵직하게 물러났다. 그는 울컥 한 모금의 피를 토했는데, 가벼운 내상을 입은 듯했다.

방금 일 초식의 격돌로 현공 진인은 한소진이 자신보다 한 수 위라는 사실을 깨달았다.

그는 마음이 급했다. 신룡문 세력이 도착하면 상황이 좋지 않기 때문이다.

그러므로 어떻게 해서든 그전에 비소도를, 아니, 한소진을 제압해야만 한다.

한소진을 죽이는 것은 하책이다. 그녀를 살려야지만 살수로써 계속 이용할 수 있기 때문이다.

처처척!

그때 갑판에서 싸우고 있던 나머지 다섯 명의 장문인이 앞

다투어 누각에 올라섰다.

오른팔을 잃은 녹장 신니는 한쪽으로 물러나 지혈을 하고 있는 중이었다.

그러나 여덟 장문인의 합공을 감당하는 것은 한소진으로서도 무리다.

단운비는 허공중에서 정지한 채 하류 쪽을 쳐다보았다. 신룡문 고수들은 아직 보이지 않았다.

그가 워낙 빠른 속도로 날아왔기 때문이다. 하지만 오래지 않아서 그들이 나타날 것이다. 그렇게 되면 한소진을 구해내는 것이 더 어려워진다.

그가 하류 쪽을 잠깐 쳐다보고 다시 한소진을 쳐다보는 사이에 그녀는 이미 위기에 직면한 상태가 되었다.

그녀의 천마신공은 아직 구성 정도의 수준이다. 구성은 완전하지 않은 단계지만 십성은 완성이다.

그래서 구성과 십성의 차이는 크다. 그녀가 십성, 즉 천마신공을 완성했다면 장문인 여덟 명을 죽이는 것쯤은 손바닥을 뒤집는 것처럼 쉬울 것이다.

그러나 지금은 다섯 명 정도가 한계다. 더구나 장문인 두 명을 합친 것보다 고강한 현공 진인이 있기 때문에 그녀로선 맥을 못 추고 있었다.

단운비가 안타까워하는 점은 위기에 몰린 한소진이 도망을 가지 않는다는 사실이었다.

그녀가 혼자 도망을 가기만 하면 단운비가 그녀의 뒤를 쫓아가서 제압하여 아무도 추격하지 못하는 곳으로 숨어버리면 그만이었다.

한소진은 천마신공을 익혔기 때문에 두려움이라는 것을 모른다. 그래서 도망을 가지 않는 것이다.

이런 상황에서 단운비가 싸움터에 출현하면 한소진이 그를 공격할 수도 있다. 며칠 전에 그와 한소진은 적으로서 싸운 적이 있기 때문이다.

그때 청성파 장문인의 검과 곤륜 대협의 대도가 한소진의 옆구리와 등 쪽 어깨를 베어 피가 튀는 것이 단운비의 시야에 들어왔다.

그 순간 현공 진인이 쏜살같이 덮쳐들면서 위맹하기 짝이 없는 일장을 발출했다.

콰우웅!

한소진은 피를 흘리면서 비틀거리며 물러나면서도 왼손을 뻗어 천마강을 발출해서 맞섰다.

쩌러렁!

"악!"

굉렬한 폭음이 터지며 한소진은 뾰족한 비명을 지르면서 입에서 핏덩이를 뿜으며 뒤로 주르르 밀려갔다.

누각 가장자리까지 밀려갔으나 그녀는 그 상황에서도 도망을 치지 않았다. 도망칠 마음만 있었으면 충분히 그럴 수 있는 상황이었다.

장문인들이 그런 절호의 기회를 결코 놓칠 리가 없다.

그들 중에 다섯 명은 부챗살처럼 펼치면서 한소진을 공격하고, 나머지 세 명은 그녀가 도망칠 퇴로를 차단하기 위해서 누각 밖으로 반원을 그리며 쏘아 나갔다.

상황이 이쯤에 이르자 단운비는 더 이상 보고만 있을 수 없게 되었다.

쿠아앗!

다섯 장문인의 도검과 장력이 한소진의 가녀린 몸을 향해 폭풍처럼 휘몰아쳤다.

그리고 그녀의 뒤쪽에 막 당도한 세 명의 장문인도 공격을 퍼부었다.

절체절명의 순간이다. 그런데도 한소진은 입에서 피를 흘리며 앞을 향해 마주쳐 나가며 오른손의 검을 휘두르고, 왼손으로는 천마강을 발출했다.

단운비가 보기에 만약 저대로 격돌을 하게 되면 한소진은 죽거나 회복 불능의 중상을 입을 것이 분명했다.

슈우우—

순간 단운비는 앞뒤 잴 것도 없이 한소진을 향해 한줄기 빛처럼 내리꽂혔다.

쩌러러렁!

무시무시한 폭음이 터지면서 누각의 지붕과 난간 따위가 산산조각 나서 날아가 버렸다.

여덟 명의 장문인은 일제히 일이 장가량 물러나 상체를 심하게 흔들었다. 여덟 명 거의 모두가 적지 않은 충격을 받은 것이다.

잠시 후에 소요와 먼지가 가라앉았을 때 아홉 장문인은 모두 적잖이 놀라는 표정을 지었다. 한소진의 모습이 감쪽같이 사라졌기 때문이다.

그들의 얼굴에선 귀신에 홀리거나 불신 어린 표정이 떠올랐다. 한소진이 여덟 장문인의 합공을 끄떡없이 견디고 사라졌다는 사실이 믿어지지 않았다. 그들은 단운비의 출현을 까맣게 모르고 있었다.

그들은 다급하게 사방을 둘러보았다. 그때 누군가 한쪽을 가리키며 외쳤다.

"저기요! 저기에 도주하고 있소!"

모두의 시선이 그쪽으로 쏠렸다. 북쪽 강물 위를 누군가 나는 듯이 달려가고 있는 광경이 보였다. 비소도에서 최소한 삼백여 장의 거리다.

자세히 보니 한 명의 헌칠한 청년이 한소진의 허리를 안고 있는 모습이다.

아홉 장문인은 적이 놀란 표정을 지었다. 그들 중에서 그토록 짧은 순간에 삼백여 장이나 달릴 수 있는 사람은 아무도 없었다.

더구나 상대는 홀몸이 아니라 한소진을 안다시피 한 채 달리고 있지 않은가.

단운비는 전력으로 강변을 향해 쏘아가면서 힐끗 한소진을 쳐다보았다.

그녀는 코와 입에서 쏟아내듯이 피를 흘리면서 혼절했는데 안색이 창백했다.

조금 전 여덟 장문인의 합공이 한소진의 몸에 작렬하기 직전에 간발의 차이로 단운비가 그녀 곁에 내려섰다.

그는 허공중에서 이미 호신강기를 펼친 상태였기에 자신과 한소진을 보호했다.

하지만 창졸간에 펼친 호신강기라서 칠성 정도의 위력을 발휘할 뿐이고, 상대적으로 여덟 장문인의 합공은 지나치게 막강했다.

여덟 장문인의 합공이 일제히 호신강기에 적중되자 그 충격의 절반 정도가 호신강기 안쪽에 전해졌는데, 단운비는 그것까지는 어떻게 하지 못했다.

한소진은 가볍지 않은 내상을 입은 것이 분명하다. 그나마 도검에 찔리거나 베이지 않은 것이 다행한 일이었다.

단운비도 무사하지는 못했다. 그는 기혈이 크게 뒤틀리고 내장이 자리를 이탈하는 위중한 내상을 입어서 입으로 피를 흘리고 있었다.

만약 지금 당장 운공조식으로 이탈한 내장을 바로잡지 않으면 전력으로 싸울 수 없을뿐더러 회복될 때까지는 육성 정도의 공력밖에 사용하지 못한다.

그래서 그는 여덟 장문인의 합공이 호신강기에 작렬하자마자 쓰러지는 한소진을 안고 신형을 날려 도주한 것이다.

지금은 무조건 전력을 다해서 도주해야 한다. 싸우면 전적으로 불리하다.

혼절한 한소진을 안고 싸워야 하기 때문에 그나마 육성의 공력조차도 제대로 발휘하지 못할 것이다.

비소도로부터 육백여 장 거리의 강을 다 건넜을 때 힐끗 뒤돌아보니 여덟 명의 장문인이 이백여 장 뒤에서 전력으로 추격해 오고 있었다.

그리고 그 뒤에는 구대문파의 장로들과 쟁쟁한 고수들 백여 명이 바짝 뒤쫓고 있었다.

처음에 여덟 장문인이 추격을 개시했을 때에는 삼백여 장의 거리였는데 잠깐 사이에 이백여 장으로 좁혀졌다.

단운비의 공력이 육성으로 줄어든데다 한소진까지 안고 있었기 때문이다.

단운비는 낙양성이 고향이기 때문에 이곳 지리를 잘 알고 있었다.

지금 그가 달려가고 있는 앞쪽은 드넓은 초원이다. 그 폭이 남북으로는 오십여 리고 동서로는 삼백여 리에 달할 정도로 거대한 초원 지대다.

은폐물이 없는 초원은 위험하다. 지금은 어딘가 안전한 곳에 숨어서 한소진을 치료해야 하고 단운비 자신도 운공조식을 해야만 한다.

그런데 추격하는 자들과의 거리는 점점 더 가까워지고 있는 중이었다.

단운비가 초원으로 들어섰을 때 추격자들과의 거리는 백오십여 장으로 좁혀졌다.

초원의 누런 풀은 기껏 허리 정도의 길이라서 몸을 감출 수조차도 없었다.

단운비는 어금니를 악물고 공력을 극한으로 끌어올렸다.

어기비행을 전개하려는 것이다. 그사이에 거리는 백여 장으로 좁혀지고 있었다.

타앗!

그는 전력을 다해서 오른발로 힘껏 지면을 박차고 위로 솟구쳐 올랐다.

그러면서 어기비행의 구결을 외우며 몸을 최대한 가볍게 만들려고 애썼다.

슈우─

그의 몸이 지상에서 십여 장 높이까지 솟구치고 있었다. 어기비행을 전개하려면 최소한 이십여 장 높이까지 상승해서 바람에 몸을 실어야만 가능하다.

그러나 그의 몸은 십오륙 장 정도를 고비로 더 이상 상승하지 못하고 하강하기 시작했다. 그곳에서는 그의 몸을 띄울 정도의 바람이 불지 않았다.

하강하면서 뒤돌아보니 현공 진인이 오십여 장까지 좁혀왔고, 그 뒤 이십여 장 거리에서 일곱 명의 장문인이 바람처럼 쏘아오고 있었다.

단운비가 앞으로 달려가지 않고 위로 솟구쳤다가 하강하느라 지체했기 때문이다.

땅에 내려서자마자 그는 젖 먹던 힘을 다해서 다시 달리기 시작했다.

도저히 저들의 손아귀에서 빠져나갈 방법이 없었다. 그래도 지금은 죽을힘을 다해서 달리는 것뿐이었다.

그때 그의 눈이 부릅떠졌다. 자신이 쏘아가고 있는 전방 십여 장 거리 풀숲 속에서 두 개의 인영이 벌떡 몸을 일으키는 것을 발견한 것이다. 순간적으로 그는 두 개의 인영이 적이라고 생각했다.

그러나 다음 순간 그는 몸을 움찔 떨었고, 눈동자가 가벼이 흔들렸다.

풀숲에서 벌떡 일어나 그를 향해서 마주 달려오고 있는 두 사람은 다름 아닌 독고연지와 청산이었다.

두 사람이 어떻게 해서 이곳에 은신하고 있었는지는 알지 못한다.

하지만 그들을 발견한 순간 단운비는 울컥! 하고 무엇인가가 폐부 저 밑바닥에서 솟구쳤다.

그러는 사이에 두 사람은 그와 부딪칠 것처럼 곧장 마주 쏘아오고 있었다.

단운비의 시선은 이끌리듯이 독고연지의 얼굴로 향했다.

그녀는 여느 때처럼 배시시 미소를 짓고 있었다. 마치 '잘 잤나요?' 하고 아침 인사를 하는 듯한 평소의 모습이다. 하지만 실제로는 '잘 있어요'라는 작별의 인사다.

'어째서⋯⋯.'

그 말조차도 단운비의 목젖만 울릴 뿐 입 밖으로는 흘러나
오지 않았다.

그러나 단운비는 달리는 것을 멈추지 않았다. 속도가 조금
떨어졌는지는 모르지만, 두 사람 때문에 멈추거나 말을 걸지
는 않았다.

그것이 또한 그의 냉정한 이기심이다. 그들 두 사람은 단운
비를 위해서 목숨을 버리려고 하는데, 그는 한소진을 살리려
고 멈추지도 않는 것이다.

배시시 미소 짓는 독고연지의 얼굴이 일 장 앞으로 쏜살같
이 다가오더니 단운비의 왼쪽을 닿을 듯이 스쳐 지나가고 있
었다.

손만 뻗으면 닿을 수 있는 거리다. 그런 짓 따윈 하지 말라
고 그녀를 붙잡을 수도 있는 거리다.

그리고 독고연지의 애끓는 사랑이 전해지기에도 충분한 거
리다.

그러나 단운비는 정녕코 아무것도, 아무 말도 하지 않고 독
고연지를 그냥 지나치게 했다.

다만 옆을 돌아보는 그녀의 얼굴이 성스럽게 빛나고 있다는
사실만 아프게 심장과 두 눈에 각인되었을 뿐이다.

'연지⋯⋯.'

그리고 이 비정한 사내는 시야에서 독고연지의 모습이 사라
지기 무섭게 더욱 속도를 내서 달리기 시작했다. 비정의 끝은

없다.

독고연지는 단운비의 모습이 시야에서 사라지는 순간 왈칵 눈물이 솟구쳤다.

그때 그녀의 고막으로 청산의 전음이 파고들었다.

[주모(主母), 속하가 현공을 공격하는 틈을 노리십시오.]

청산은 그녀를 '주모'라고 불러주었다. 주군이 하지 않는 대접을 수하가 해주고 있다.

동병상련(同病相憐). 같은 아픔을 당하고 있기 때문이다. 그리고 그가 누구보다도 독고연지의 심정을 잘 이해하고 있었기 때문이다.

독고연지는 청산이 너무도 고마웠다. 그가 '주모'라고 불러주는 것이 이승에서의 마지막 선물이라고 여기며 그녀는 현공 진인을 향해 일직선으로 쏘아가며 어깨의 검을 뽑아 힘껏 움켜잡았다.

정인(情人)이 다른 여자 때문에 나를 모른 체하는 것이 그의 사랑이라면, 그런 그를 위해서 기꺼이 죽어줄 수 있는 것 또한 나의 사랑이다.

현공 진인은 느닷없이 나타난 두 사람 때문에 가볍게 표정이 변했으나 놀라지는 않았다. 그들이 별로 고강하지 않을 것이라고 생각한 것이다.

키이잉—

그런데 청산이 전력을 다해서 일직선으로 쏘아오며 검을 베어오자 현공 진인의 안색이 가볍게 변했다. 허투루 여길 상대가 아닌 것이다.

위잉!

현공 진인은 무식할 정도로 정면으로만 곧장 돌진해 오는 청산을 향해 우수를 뻗어 예의 푸른빛의 장력 태청강기(太淸罡氣)를 발출했다.

슈웃!

그런데 정면에서 일직선으로 돌진하던 청산이 현공 진인이 태청강기를 발출하는 것과 같은 순간 번쩍 위로 상승하며 비스듬히 공격해 왔다.

만약 청산이 미리부터 위로 상승할 것이라고 작정하지 않았다면 절대로 태청강기를 피하지 못한다. 그는 현공 진인에 비해서 두어 수 하수인 것이다.

가볍게 움찔한 현공 진인은 여전히 쏘아가는 속도를 늦추지 않은 채 재차 허공을 향해 태청강기를 발출했다.

그리고 그 순간 그는 청산 옆쪽 삼 장 거리에서 나란히 쏘아오던 독고연지의 존재를 잠시 망각했다.

싸움은 실력이지만, 그보다 우선시되는 것이 전략이다.

독고연지와 청산이 합세를 하면 현공 진인과 팽팽한 접전을 벌이겠지만, 두 사람은 정면 승부를 하지 않고 계책을 사용한 것이다.

현공 진인이 지상 일 장 높이에서 자신을 향해 쇄도하고 있는 청산에게 태청강기를 발출하자마자 그의 왼쪽 후방으로 돌아간 독고연지가 맹렬히 검을 그어왔다.

쉬이이—

'아차.'

제아무리 현공 진인이라고 해도 이처럼 쾌속한 합공에는 속수무책이다.

독고연지의 검은 이미 그의 옆구리 한 자 거리로 쇄도하고 있으므로 현공 진인이 청산을 향해 뻗었던 손을 아무리 빨리 거두어 그녀를 방어한다고 해도 요령부득이다. 그렇다고 호신강기를 펼치는 것도 이미 늦었다.

팍!

독고연지의 검이 현공 진인의 왼쪽 옆구리를 뒤에서 앞으로 훑듯이 베었다.

그것으로 현공 진인의 옆구리 절반이 뭉텅 베어졌다. 하지만 그것이 끝이 아니었다.

쉬이익!

옆구리를 베이는 순간 태청강기가 사라졌고, 청산이 하강하며 현공 진인의 정수리를 노렸다.

칵!

청산의 검은 현공 진인의 정수리를 세로로 정확하게 갈랐다.

현공 진인의 몸이 세로 두 쪽으로 갈라져서 내장을 쏟아내기도 전에 독고연지와 청산은 나머지 일곱 장문인을 향해 곧장 부딪쳐 갔다.

독고연지와 청산이 현공 진인을 공격하고 죽이는 데 걸린 시간은 불과 두 호흡이다.

질주해 오던 일곱 장문인은 독고연지와 청산이 현공 진인을 순식간에 죽이는 것을 목격하고 멈칫했다. 두 사람을 대단한 초절고수라고 생각한 것이다.

그 순간 독고연지와 청산이 일곱 장문인 한복판을 파고들며 공격을 전개했다.

두 사람으로서는 생애 처음으로 혼신의 힘을 발휘하여 펼치는 공격이었다.

그들은 일곱 장문인을 다 죽이려는 것이 아니다. 그럴 능력도 없다.

단지 그들을 최대한 오래 붙잡고 있어서 단운비가 멀리 도망칠 수 있도록 시간을 벌어주려는 것이다.

[합공으로 가요!]

독고연지가 혜원 선사를 향해 쏘아가며 낭랑하게 전음을 보냈다.

두 사람이 혜원 선사 한 명을 공격한다고 해도 나머지 여섯 장문인이 그를 놔두고 단운비를 추격하지는 않을 것이라는 계산이었다.

독고연지와 청산은 이미 죽음을 각오했다. 그것은 무엇보다도 큰 무기며 힘이다.

죽을 각오를 하지 않은 사람들을 상대로 싸울 때 죽음을 각오한 사람의 필사적인 능력은 배가되는 법이다.

第五十五章

바람[風], 숲[林], 불[火] 그리고 사랑

풍림화산

단운비는 한시도 쉬지 않고 달려서 초원 지대를 건넜다.

　그의 전방에 태행산(太行山)과 중조산(中條山)의 끝자락이 만나는 곳이 나타났다.

　끝자락이 만난다고는 하지만 산에 경계가 있는 것이 아니라 보이는 모든 곳이 험준한 산악 지대였다.

　그의 오른쪽, 즉 동쪽 먼 곳 초원 지대 끝에서 부옇게 동녘이 밝아오고 있었다.

　한소진을 구한 이후 한 시진 반 동안 쉬지 않고 달린 그는 공력이 평소의 사성도 남아 있지 않은 상태였다.

　그렇지만 지금 멈출 수는 없다. 한소진은 아직도 혼절에서 깨어나지 못하고 있었던 것이다.

도주하는 데 전력을 다하느라 아직 그녀의 상태조차 살펴보지 못했다.

　그는 초원을 완전히 벗어나 산기슭으로 들어가기 직전에 뒤를 돌아보았다.

　독고연지와 청산이 보일 리가 없지만, 저기 어디에 두 사람이 있을 것이라는 생각이 들었다.

　장문인들이 추격하지 않는 것으로 미루어 그들의 숭고한 희생은 성공한 듯했다.

　장문인들과 일대일로 싸워도 적수가 되지 못할 그들이건만, 도대체 얼마나 필사적인 심정으로 싸웠으면 추격을 하지 못했겠는가.

　그들은 필경 죽었을 것이다. 죽어서 아무도 모르는 곳에 누워 있을 터이다.

　그들 두 사람이라면 죽어가면서도 절대로 단운비를 원망하지 않았을 것이다.

　그런 사람이었다면 단운비를 위해서 웃으면서 목숨을 내던지지도 않았다.

　단운비의 가슴에 지금에서야 두 사람에 대한 죄스러움이 밀물처럼 엄습하고 있었다.

　그렇지만 이미 때는 늦었다. 지금 두 사람에게 간다고 해도 아무런 도움이 되지 못할 터이다.

　아니, 그들은 이미 죽었을 것이기에 단운비가 찾아가는 것은 오히려 그들의 죽음을 헛되게 만드는 일이었다.

그래, 두 사람의 뜻에 따르자, 라고 그는 또다시 자신을 기만하며 몸을 돌렸다.

산을 향해서 달려가는 내내 단운비의 망막에서는 마지막 독고연지가 방그레 미소를 지으며 곁을 스쳐 지나가던 모습이 지워지지 않고 있었다.

*　　　*　　　*

[청산!]

풀숲 속에서 무엇인가 꿈틀거렸다.

[으흐흑! 청산… 제발…….]

피투성이가 된 독고연지는 자신보다 더욱 참담한 몰골의 청산을 부둥켜안고 처절하게 몸부림쳤다.

청산은 온몸이 한 군데도 성한 곳이 없을 정도로 처참하게 난도질당한 상태였다.

얼굴은 알아볼 수 없을 정도로 짓이겨졌으며, 목은 절반쯤 잘라져서 건들거렸다.

길게 쩍 갈라진 가슴과 복부에서는 장기와 내장이 쏟아지고 있었고, 검을 움켜쥐고 있던 오른팔은 어디로 사라졌는지 보이지 않았다.

독고연지도 참담한 몰골이다. 옷이 갈가리 찢어졌고 머리카락은 귀신처럼 봉두난발이며 십여 군데에 상처를 입었다.

그러나 불행 중 다행으로 치명상을 입지는 않았다. 청산은 그녀를 보호하려고 더욱 날뛰다가 이 지경이 되었다.

그래서 그녀는 치명상을 피했으나 청산은 죽어가고 있었다. 그 때문에 그녀의 슬픔이 더욱 걷잡을 수가 없는 것이다.

추격자들은 다들 단운비가 사라진 방향으로 몰려가 버리고 이 황량한 들녘에는 이들 두 사람뿐이었다. 두 사람은 단운비가 도주할 수 있는 충분한 시간을 벌어주었다.

[흐흐흑……! 청산… 죽지 말아요…….]

독고연지는 청산을 안고 그의 뺨을 쓰다듬으며 몸부림쳤다.

그녀는 이미 자신이 할 수 있는 방법을 모두 동원해서 청산을 살펴보고 치료를 했다.

그러나 헛수고다. 그는 옥황상제가 강림한다고 해도 살려내지 못할 것이다.

"주… 모……."

그때 영원히 떠질 것 같지 않던 청산의 눈이 무척이나 힘겹게 반쯤 떠졌다.

입을 조금 벌려서 더듬거리는데 피가 주르르 흘러내렸다.

청산은 살지 못한다. 하지만 독고연지는 그가 눈을 뜬 것이 흡사 살아 나기라도 하는 것처럼 기뻤다.

"청산!"

여태까지는 누가 들을까 봐 전음으로 그를 불렀으나 지금은 기쁨에 겨워 그런 것도 잊어버렸다.

"무사… 하십… 니… 까……."

그는 갈가리 찢겨서 죽어가면서도 자신보다 독고연지를 더 염려하고 있었다.

그래서 그녀는 더욱 가슴이 찢어지는 것 같았다. 그의 고통을 고스란히 느끼는 듯하다.

그렇지만 일단 그를 안심시켜야만 한다. 그의 바람을 꺾으면 절망할 테니까.

"나는 괜찮아요. 단 상공도 멀리 도주했어요. 그러니 아무 걱정 하지 말아요."

"다행입니다……."

피범벅인 청산의 눈과 입이 미소 지었다.

그러나 그의 눈은 곧 슬픔으로 가득 찼다. 독고연지에 대한 염려 때문이다.

"주군께선 어이해……."

"내 걱정은 하지 말아요. 그리고 무슨 수를 써서라도 내가 당신을 살려내겠어요. 무슨 수를 써서라도."

그녀는 방법이 없는 줄 알면서도 '무슨 수를 써서라도' 라는 말을 반복했다.

청산의 눈과 입이 또다시 엷은 미소를 지었다.

"부디 주모께선… 주군을 용서하시고… 그분을 미워하지… 마… 십… 시… 오……."

그의 목소리가 모깃소리처럼 아주 작아지기 시작했다.

"청산!"

"……."

청산은 알아듣기 어려운 말을 뭐라고 입속으로 웅얼거렸다.

그리고는 이내 절반 이상 잘라진 목을 모로 꺾었다.

"청산, 안 돼요! 죽지 말아요!"

독고연지는 누가 듣든 말든 피를 토하듯이 절규했다.

그 절규에 심장이 터져서 조각조각 쏟아져 나오는 것만 같았다.

                    *   *   *

"전원 태행산으로 간다!"

단도후는 이끌고 온 이천오백여 고수들을 모아놓고 쩌렁쩌렁하게 명령했다.

"후발대(後發隊)도 지체 말고 태행산으로 오도록 하라!"

낙양성은 물론이고 하남성 전역의 방, 문파에서 선발되고 있는 고수들이 후발대다.

그 수는 만여 명에 달하는데, 그들에게도 태행산으로 오라고 명령했다.

단도후가 이끄는 신룡문 세력이 비소도에 도착했을 때에는 이미 상황이 거의 끝나가고 있었다.

불에 탄 비소도는 침몰하고 있었으며, 살아남은 비소도 고수들이 산지사방으로 도주하는 중이었다.

그러나 조금 전에 들어온 척후(斥候)의 보고에 의하면 구대문파 세력이 황하 북쪽 초원 지대를 가로질러 태행산으로 향하고 있는 중인데, 누군가를 추격하는 광경이라고 했다.

그래서 단도후는 즉각 세력을 이끌고 강을 건너 구대문파 세력을 뒤쫓기로 결정한 것이다.

그는 자신이 추격하는 사람이 자신의 외아들 단운비일 것이라고는 꿈에도 생각하지 못했다.

"이곳의 잔당을 소탕하라!"

그는 강을 건너기 전에 비소도의 잔당을 소탕하라는 명령을 잊지 않았다.

*   *   *

녹음이 짙어지기 시작한 태행산중은 서너 장 앞이 보이지 않을 만큼 숲이 우거졌다.

온갖 산새들과 벌레들 울음소리가 울려 퍼지는 가운데 단운비는 숨을 헐떡이면서 북쪽으로 향하고 있었다.

지금은 정오 무렵이다. 비소도에서 한소진을 구한 후 장장 네 시진 동안 한순간도 쉬지 않고 달려왔다.

낙양성 근처 지리를 잘 알고 있다지만 태행산 깊은 산중에 대해서 알 리가 없는 그다. 그래서 무작정 더 험준하고 깊은 산속으로 달려온 것이다.

"헉……."

당연히 속도가 날 리 없고 숨은 턱까지 차올랐다.

이제 더 이상 달릴 기력이 없다. 아니, 그보다도 한시바삐 한소진을 치료해야만 한다.

그의 앞쪽에 몇 개의 봉우리가 나타났다. 하나같이 하늘을 찌를 듯이 솟아 있는 칼처럼 뾰족한 봉우리들이다.

봉우리에 오르는 것은 위험하다고 본능적으로 생각했다. 원래 산이 높으면 골짜기가 깊은 법이다. 그래서 그는 계곡에서 은신처를 찾기로 했다.

계곡 깊은 아래쪽에는 급류가 굽이쳐 흐르고 있으며, 비탈은 거의 절벽이나 다름없을 정도로 가팔랐고, 온통 잡목과 넝쿨로 뒤덮여 있었다.

단운비는 계곡 위에서 이십여 장가량 아래쪽 거친 바위들이 들쭉날쭉한 곳에서 알맞은 동굴 하나를 발견하고 안으로 숨어들었다.

입구 바깥쪽은 여러 개의 바위와 넝쿨로 가려지고 뒤덮여 있어서 한 번 와본 곳이라고 해도 찾아내지 못할 정도였다.

또한 입구 어귀는 기어서 들어가야 할 정도로 좁은 반면에 안으로 들어갈수록 점점 넓어져서 막다른 곳은 아담한 방 크기였다. 또한 습기가 없어서 당분간 지내기에는 적당한 장소였다.

단운비는 한소진을 동굴 안에 눕혀놓고 다시 밖으로 나와 동굴 입구에서부터 계곡 위까지 자신이 지나온 흔적들을 말끔하게 없앤 후에 동굴로 들어갔다.

얼마나 시간이 지났는지 모른다. 캄캄한 동굴 속이라서 해를 볼 수가 없기 때문이다.

한소진을 정성껏 치료하고 나서 단운비는 그제야 운공조식에 들어갔다.

한소진은 내상이 깊고 피를 너무 많이 흘려서 무척 위태로운 상태였다.

그러나 단운비가 자신의 진기를 아끼지 않고 쏟아부으면서 치료한 결과 다행히 위험한 고비는 넘겼다.

단운비는 쉬지 않고 연거푸 다섯 차례나 운공조식을 했으나 이탈된 내장은 쉽사리 제자리로 돌아오지 못했다.

너무 시간이 오래 지체되었고, 기력이 쇠잔했기 때문이다.

운공조식을 몇 차례 더 해서 내장을 제대로 바로잡아야 마땅하지만 그만두었다.

한소진이 어떻게 됐는지 궁금했고, 또 추격자들이 이 근처까지 왔을지도 모르기 때문이다.

"……!"

천천히 눈을 뜨고 자신의 앞을 쳐다보는 순간 단운비는 크게 놀랐다.

자신의 앞에 눕혀져 있던 한소진의 모습이 감쪽같이 사라졌기 때문이다.

너무 놀라서 급히 일어서려는데 느닷없이 등 뒤에서 한소진의 조용한 목소리가 들렸다.

"왜 나를 구했느냐?"

"진아."

슥―

"진아라니, 누가 진아란 말이냐? 헛소리 집어치우고 묻는 말에나 대답해라."

단운비 뒤에 우뚝 서 있는 한소진은 그의 정수리 백회혈에 손가락을 얹으며 싸늘하게 중얼거렸다.

단운비는 한소진이 무사하다는 사실에 일단 안심했다. 그리고 그녀의 기억을 되살리는 것이 급선무라고 생각했다.

"너는 내 생명보다도 더 소중한 사람이기 때문에 구했단다."

"흥! 허튼소리 집어치우고 똑바로 대답해라."

한소진은 차갑게 코웃음 쳤다. 천마신이 거의 되어가고 있는 그녀의 귀에 단운비의 진심이 전해질 리가 만무했다.

하지만 단운비는 그녀의 기억을 되살려 낼 방법이 반드시 있을 것이라고 믿었다.

"나는 태어나서 이날까지 거짓말을 한 적이 한 번도 없다. 특히 진아 너에게는 더욱 그렇다."

"이놈이 그래도!"

순간 한소진은 발끈해서 언성을 높이며 단운비의 백회혈을 짚은 손가락에 힘을 주었다.

백회혈은 인체의 수십 군데 사혈 중에서도 가장 위험한 곳이다. 웬만한 충격을 받기만 해도 그 즉시 숨이 끊어지고 만다.

한소진이 손가락에 살짝 힘을 주었을 뿐인데도 단운비는 정신이 아득해지면서 눈앞이 캄캄해지는 것을 느꼈다.

이러다가는 자칫 사랑하는 한소진의 손에 죽을 수도 있다는 생각이 들었다.

"내가 너를 살렸다는 사실을 잊지 마라."

그는 정신이 수습되지도 않은 상태에서 급히 말했다.

그는 원래 생색 같은 것을 내지 않는 성격이지만 지금은 워낙 다급해서 어쩔 수가 없었다.

자신이 죽어버리면 아무것도 아니다. 또한 한소진이 계속 큰 소리를 지르는 것은 위험천만한 일이었다.

추격자들이 근처에 있다면 그녀의 목소리를 듣고 동굴을 찾아내는 일쯤은 문제도 아닐 것이다.

"그래, 네가 나를 구하고 또 살렸지. 왜 그랬는지 그게 궁금하다는 거야."

"우린 아직 안전하지 않다. 아까 너를 공격했던 자들이 추격을 해왔다면 네 목소리를 듣고 이곳을 찾아낼 수도 있다."

단운비는 한소진이 급히 동굴 입구 쪽을 쳐다보는 것을 느꼈다. 자신의 백회혈을 짚고 있는 손가락이 약간 움직였기 때문이다.

그는 그 순간을 놓치지 않았다. 번개같이 상체를 비틀어 그녀의 손가락에서 벗어나는 것과 동시에 그녀를 향해서 여러 줄기의 지풍을 튕겼다.

"너!"

파파팍!

그녀가 뭐라고 소리치려는 순간 세 가닥 지풍이 그녀의 마혈을 제압해 버렸다.

꼼짝 못하게 된 한소진은 눈을 무섭게 부릅뜨고 싸늘하게 단운비를 노려보았다.

"이놈!"

그러면서 그녀는 제압된 혈도를 풀어보려고 애를 썼으나 허사였다. 단운비의 점혈 수법은 특수해서 절대 풀지 못한다.

단운비는 천천히 일어나서 한소진을 조심스럽게 바닥에 앉히고 자신은 그 앞에 마주 보고 앉았다.

"진아, 이제부터 내가 하는 말을 잘 들어봐라."

그의 목소리는 지옥도의 수중 동굴 속에서 한소진과 대화를 나눌 때처럼 온화하고 부드러웠다.

그러나 한소진은 표정을 풀지 않고 당장에라도 단운비를 죽일 듯한 눈빛으로 쏘아보기만 했다.

하지만 단운비는 나직한 목소리로 자신이 처음 한소진을 만났을 때부터 지금까지의 일들을 하나도 빠짐없이 상세히 설명하기 시작했다.

그것은 한편의 처절하면서도 극적이고, 또한 아름답기 그지없는 남녀의 이야기였다.

처음에 이야기를 들을 때의 한소진의 반응은 냉랭하기 짝이 없었다.

그러나 단운비의 성의있는 이야기와 부드러운 목소리, 그리고 심금을 울리는 이야기의 내용에 어느덧 자신도 모르게 조금씩 빠져들기 시작했다.

만약 그것이 생판 모르는 타인의 이야기였다면 한소진은 절대로 그런 반응을 보이지 않았을 것이다.

그렇지만 그녀의 뇌리에는 단운비와의 수많은 추억들의 단편들이 군데군데 남아 있었다.

단운비가 이야기를 하는 도중에 어떤 부분이 그녀의 뇌리에 새겨진 단편을 슬쩍 건드리면 그녀는 깜짝 놀라면서 이야기에 더욱 심취했다.

한소진의 뇌리에 남아 있는 단편들은 흐트러진 구슬이라고 할 수 있었다.

그것들을 단운비의 이야기가 한 가닥 실이 되어서 한 알씩 차근차근 꿰어 나갔다.

이야기가 중반에 접어들었을 때 한소진은 신기한 듯 단운비를 말끄러미 바라보았다. 자신이 마혈이 제압된 상태라는 것도 잊어버린 듯했다.

그녀는 평상시에, 그리고 잠을 잘 때 꿈속에서 언뜻언뜻 떠올랐던 조각난 단편들이 대체 무엇인지 몹시 궁금하게 여겼었다.

그런데 신기하게도 단운비가 그 조각의 단편들을 하나도 남김없이 모조리 실로 꿰어서 근사한 목걸이를 만드는 것이 아닌가.

단운비가 신이 아닌 이상 한소진의 기억 속을 낱낱이 알고 있을 수는 없다.

하지만 그가 설명하는 것처럼, 그와 한소진이 그런 생활을
했었다면 그토록 자세히 알고 있는 것이 당연한 일이었다.

그리고 한소진의 조각난 단편들 중에서 가장 또렷이 뇌리에
남아 있는 한 조각이 있었다.

그것은 떠올리기만 해도 가슴이 갈가리 찢어지는 듯 슬프고
절망적인 기억이었다.

하지만 기억의 전후는 전혀 모른다. 단지 피투성이의 누군
가가 그녀와 헤어져서 떠나가고, 그녀는 처절하게 그를 부르
는 기억이다.

떠나가는 사람이 누군지는 모른다. 단지 그 사람은 한소진
에게 있어서 목숨보다 더 소중한 존재라는 것, 그와의 이별이
너무 슬퍼서 죽을 것만 같았다는 것, 그리고 그것 때문에 한소
진 자신이 천하에 복수를 하려고 결심했다는 것 등은 어렴풋
하게 느낄 수 있었다.

그런데 단운비가 바로 지금 그 이야기를 하고 있다. 비소도,
아니, 과거 독천에서 벌어진 일이다.

단운비가 그녀를 구하러 왔고, 그녀를 등에 업고 사선을 넘
어 도주를 하는 과정을 설명하고 있었다.

업은 사람도, 업힌 사람도 피투성이가 되어 갑판을 달려가
고 있다. 난간은 멀지 않다. 이제 삼 장만 가면 된다.

이야기를 듣는 한소진의 눈이 화등잔처럼 커졌다. 그리고
숨을 멈추었다.

단운비의 이야기는 계속됐다. 누군가의 공격에 두 사람을

동여맸던 옷이 베어져서 한소진이 바닥으로 나뒹굴었다.

그러나 단운비는 쏘아 날아가던 기세를 멈추지 못한 채 절망적인 얼굴로 한소진을 돌아본다.

단운비는 난간 밖 허공에 떠 있다. 바닥에 쓰러진 한소진은 그를 향해 안타깝게 손을 뻗었다.

"오빠—!"

그때 이야기를 듣고 있던 한소진이 갑자기 눈물을 흘리며 울부짖었다.

이야기를 하던 단운비는 움찔 놀라서 멈추고 그녀를 바라보았다.

한소진의 얼굴에는 이제 마기라고는 한 올도 남아 있지 않았다. 그녀는 폭포처럼 눈물을 흘리며 단운비를 바라보며 그 당시 독천에서 그랬던 것처럼, 난간 밖 바다로 추락하는 단운비에게 처절하게 외쳤던 것처럼 울부짖었다.

"오빠! 사랑해—!"

그 당시에 단운비는 그렇게 외치는 한소진의 모습을 볼 수가 없었다.

그때 그는 쏜살같이 추락하는 중이었다. 그런데 지금 똑같은 사람이 똑같은 말을 하고 있다. 그리고 그 사람의 모습은 바로 눈앞에 있었다.

"진아……."

"오빠! 사랑해!"

한소진을 눈물을 멈추지 못한 채 앵무새처럼 그 소리만 외쳐 댔다.

"오빠! 사랑해!"

그 당시의 충격이 얼마나 컸으면, 단운비를 얼마나 사랑했으면, 그가 얼마나 그리웠으면, 그 혼자만이라도 살아서 떠나기를 얼마나 간절히 소원했으면……

"오빠! 사랑해!"

그 말만을 되풀이해서 외치고 있겠는가.

"진아, 나도 사랑한다. 너무나도……."

단운비도 울고 있었다. 굵은 눈물을 뚝뚝 흘리고, 끄윽끄윽 소리를 내며 거친 숨을 몰아쉬면서 울며 한소진에게 손을 뻗어 제압된 마혈을 풀어주었다.

휘익!

순간 한소진이 바람처럼 단운비에게 달려들었다.

단운비는 두 팔을 활짝 벌려 그녀를 맞이했다.

"오빠! 사랑해!"

한소진은 또다시 외치며 단운비의 넓은 품으로 마치 집을 잃었다가 돌아온 한 마리 새처럼 뛰어들었다.

두 사람은 서로를 으스러지도록 힘껏 끌어안았다. 그리고는 아무 말 하지 않고 결사적으로 울기만 했다. 울다가 숨이 끊어져 버릴 것처럼.

한소진은 그의 머리를 안고 뺨을 부비고 가슴을 두드리고 흐느끼면서 숨이 넘어갈 것처럼 할딱거렸다.

"사랑해… 오빠… 운비 오빠…… 내 사랑……. 아아… 죽어서도 못 잊을 내 사랑… 오빠…….”

단운비는 그녀의 작고 여린 몸뚱이를 부여안고 자신의 몸속에 구겨서 넣을 듯이 쓸어안으며 쓸어안고 또 쓸어안았다.

“진아… 미안하다, 진아. 오빠가 너를 너무 고생시켰구나……. 진아… 내 사랑 진아…….”

세상에 사랑보다 위대한 것은 없다. 신도, 삼라만상도 사랑 앞에서는 빛을 잃는 법이다.

“우웨엑—!”

단운비의 품속에서 오열하던 한소진이 갑자기 그를 부여잡고 온몸을 떨면서 토악질을 해댔다.

“진아!”

단운비가 놀라서 급히 그녀를 품에서 떼어내고 살펴보니 그녀는 두 손으로 그의 어깨를 잡은 채 입에서 무엇인가를 토해내고 있었다.

꾸역꾸역.

먹처럼 새카만 액체다. 그것은 마치 살아서 움직이는 생명체처럼, 한 마리 구렁이처럼 그녀의 크게 벌어진 입에서 꾸역꾸역 비집고 나왔다.

“마정(魔精)이…….”

단운비는 놀라서 중얼거렸다.

그렇다. 한소진의 입에서 흘러나오고 있는 시커먼 것은 그녀가 익힌 천마신공의 정화(精華)이며 결정체인 마정이다.

콱!

단운비는 두 손을 뻗어 한소진의 입에서 꾸역거리며 흘러나오는 마정을 붙잡았다. 그리고 힘을 주어 뽑아냈다.

한소진은 상체를 뒤로 젖힌 채 눈을 까뒤집으며 온몸을 격렬하게 떨어댔다.

끝이 없을 듯하던 마정이 이윽고 다 나왔다. 그것은 바닥에 똬리를 튼 구렁이처럼 꿈틀거리며 때론 펄떡거리며 튀어 오르기도 했다.

단운비는 수북이 쌓여 있는 마정을 두 손으로 움켜잡고 공력을 일으켰다.

화르르―

삼매진화를 일으키자 새파란 불길이 확 일며 마정이 순식간에 불길에 휩싸이더니 잠시 후에 한 줌의 회색빛 재로 변해 버렸다.

"오빠……."

고개를 든 한소진이 창백한 얼굴로 단운비를 바라보았다.

천마신이 되려던 비소도주 한소진이 아니라 지옥도 수중 동굴에서 단운비와 알몸으로 살을 부대끼면서 생활했던 바로 그 한소진이었다.

"아미타불… 흔적이 여기에서 끊어졌군. 그렇다면 그 두 명의 시주는 이 근처에 있는 것이 분명하오."

계곡 위에 일단의 무리들이 나타나더니 잠시 후에 한 명의 노승이 나직이 불호를 외웠다.

그들은 현공 진인을 제외한 팔대장문인과 장로들을 비롯한 구대문파 고수들, 즉 대천회 고수들 사백여 명이었다.

팔대장문인은 계곡 아래를 굽어보았다. 계곡은 좌에서 우로 십여 리 넘게 길게 뻗었으며, 깊이는 천여 장에 이르렀다.

곤륜 대현이 성큼 앞으로 나섰다.

"어서 서둡시다. 신룡문이 당도하기 전에 그 둘을 찾아내야만 하오."

혜원 선사가 말을 받았다.

"아미타불, 두 시주를 찾아내기 전에 신룡문이 도착한다면 그들을 포기하는 수밖에 없소이다."

"그 여시주는 더 이상 완벽할 수 없는 무혼살이외다. 그런데 어떻게 포기할 수 있겠소."

"무당 현공 진인께서 돌아가셨으니 이 일은 처음부터 다시 생각해 봐야 하지 않겠소?"

혜원 선사가 결론을 내리자 모두들 수긍하는 듯 묵묵히 고개를 끄덕였다.

"아미타불… 어쨌든 무혼살 여시주는 반드시 우리 손으로 찾아내야만 하오. 그 여시주는 노납들이 남겨놓은 유일한 희망이자 흔적이외다."

무혼살로 인해서 천하대계가 계속될 수도 있지만, 그녀가 빌미가 되어 구대문파의 행적이 세상에 밝혀질 수도 있다는 뜻이었다.

                    *   *   *

파다닥!

한 마리 전서구가 아래로 급강하했다.

산중의 아담한 공터에 신룡문주 단도후가 나무 그루터기에 앉아 있고 그 곁에 신룡삼협이 서 있었는데, 급강하한 전서구가 삼협의 팔뚝 위에 내려앉았다.

"문주, 구대문파 고수들을 찾았습니다."

단도후는 수하가 공손히 건네주는 찻잔을 받으며 고개를 끄덕였다.

"가서 천마신을 잡아라. 여의치 않으면 죽여도 상관없다."

신룡삼협은 공손히 예를 취한 후 근처에서 휴식을 취하고 있던 이천오백여 명의 고수 전부를 이끌고 산을 오르기 시작했다.

단도후는 법석을 떠는 것을 좋아하지 않고, 차 마시는 것을 매우 좋아한다.

그는 어디에서나 차를 마시기 때문에 자신의 기호에 맞게 차를 잘 달여낼 줄 아는 수하를 반드시 데리고 다닌다.

산중에서 차를 마시는 것은 오랜만이다. 숲의 그윽한 냄새와 어우러진 다향을 그는 매우 좋아했다.

이럴 때는 눈을 감은 듯이 반개하고 다향과 차 맛과 자연을 음미하며 잠시라도 세상사를 잊고 싶다.

그런데 눈을 감고 잠시 지났을 때 난데없이 불쑥 아들 운비가 생각났다.

"무정한 놈⋯⋯."

단도후는 씁쓸하게 중얼거리고 나서 힘주어서 눈을 질끈 감아버렸다.

*　　*　　*

단운비와 한소진은 서로 마주 보고 꼭 끌어안은 채 동굴 막다른 곳에 오랫동안 누워 있었다.

두 사람은 아무것도 하지 않고 서로의 체온과 살결을 느끼면서 미소 지으며 전음으로 얘기를 주고받았다.

단운비는 한소진의 뺨을 쓰다듬으며 자신이 창천해상단의 일원으로 여러 나라를 돌아다녔던 경험을 이야기했다.

한소진은 눈을 감으면 그가 사라져 버리기라도 할 듯 눈도 깜빡이지 않고 그를 말끄러미 바라보면서 얘기를 들었다.

얘기 끝에 단운비는 자신이 봐두었던 과모(瓜姆:지금의 괌)라는 아름답고 무릉도원 같은 섬에 대해서 자세히 설명해 주었다.

[진아, 너와 단둘이 그곳에서 죽을 때까지 살고 싶다.]

[네, 오빠.]

단운비의 말에 한소진은 꿈을 꾸는 듯이 행복한 얼굴로 속삭였다.

[추격자들이 사라지면 우리 그곳으로 가자.]

[네, 오빠.]

한소진의 꿈은 점점 더 달콤해지고 행복해지고 있었다.

[잠깐 밖의 동정을 살피고 오마.]

단운비는 생각난 듯 한소진의 입술에 부드럽게 입을 맞추고는 몸을 일으켜 동굴 입구로 향했다.

단운비의 품에서 벗어난 한소진은 겁에 질린 듯한 표정을 지었다.

한 번 큰 홍역을 치러봤기 때문에 그가 한시라도 떨어져 있으면 겁부터 더럭 났다.

그녀는 일어나 앉아서 저만치 동굴 입구로 기어가는 단운비의 뒷모습을 꿈을 꾸듯이 바라보았다.

잠시 후에 단운비가 그녀 곁으로 돌아왔다. 그런데 그의 표정이 매우 어두웠다.

한소진이 막 입을 열려고 하자 단운비는 급히 손으로 그녀의 입을 막았다.

[조용히 해라. 동굴 밖에 추격자들이 깔려 있다.]

한소진은 화들짝 놀라 바르르 교구를 떨더니 단운비의 품에 얼굴을 묻었다.

그런 그녀의 모습에서는 불과 얼마 전에 천마신이었다는 사실이 상상조차 되지 않았다.

밤이 되었다가 다시 아침이 찾아왔다.

동굴 속은 밤이나 낮이나 캄캄하기는 마찬가지다.

두 사람은 누워서 서로 마주 보고 꼭 끌어안은 상태에서 양신대법을 전개하고 있었다.

양신대법은 호흡을 멈추는 수법이다. 숨소리가 밖으로 새어 나갈까 봐 전개하는 것이다.

하지만 양신대법은 최대 다섯 시진이 한계다. 한차례 양신대법이 끝나면 반 시진 정도 운공조식을 하고 나서 다시 양신대법을 전개해야 한다.

두 사람은 추격자가 동굴 밖에 있다는 사실을 알게 된 이후 벌써 세 차례나 양신대법을 전개하고 있는 중이었다.

다섯 시진마다 단운비가 동굴 입구에 나가서 밖의 동정을 살폈으나 추격자들은 여전히 떠나지 않은 채 계곡을 샅샅이 수색하고 있었다.

그러면 단운비는 다시 제자리로 돌아와 한소진을 안고 양신대법을 전개하기를 반복했다.

[언젠가는 끝날 테니 그때까지만 참자. 저들이 물러가기만 하면 우린 과모로 가는 것이다.]

[네, 오빠.]

사실 한소진은 과모로 가든 어디로 가든 상관이 없었다. 단운비하고 함께 있으면 그곳이 바로 무릉도원이고 천상이기 때문이었다.

네 번째 양신대법이 끝난 후 단운비는 가만히 운공조식을 해봤다가 씁쓸한 심정이 되었다.

내장이 이탈한 것을 너무 오래 방치한 것이 화근이었다. 이제 와서 치료를 하려니까 쉽지 않았다.

설혹 치료를 한다고 해도 본래의 공력을 되찾는 데에는 시간이 걸릴 것이다.

현재 그의 공력은 육성 수준이다. 이곳에서 벗어나려면 오직 한 가지 방법뿐이다.

어기비행을 전개하는 것인데, 육성 공력으로는 어기비행을 전개하지 못한다.

가슴이 천만 근 무게의 바위로 짓누르고 있는 것처럼 답답했다.

도대체 이 동굴 속에 얼마나 더 숨어 있어야지만 추격자들이 물러갈 것인가.

만약 물러가지 않는다면 어쩔 텐가. 아니, 발각이라도 되는 날이면 단운비와 한소진은 이 좁은 동굴 속에서 고스란히 생매장을 당하고 말 것이다.

그토록 염원하던 한소진을 마침내 찾았고, 마정을 제거하여 예전의 한소진으로 되돌아왔거늘, 그래서 이제 과모로 떠나기만 하면 되는데, 마지막 순간에 발목을 붙잡히고 말았다.

그는 물끄러미 한소진을 바라보았다. 그녀는 지친 듯 곤히 잠들어 있었다.

가늘게 코를 고는 것으로 미루어 자느라 양신대법이 풀어진 듯했다.

단운비는 그녀를 깨우지 않고 호신막을 일으켜 자신과 그녀

주위에 펼쳤다.

그렇게 하면 단운비 자신도 양신대법을 전개하지 않아도 된다. 하지만 호신막을 장시간 펼치고 있으면 양신대법보다 대여섯 배 이상의 공력이 허비된다.

하지만 그는 상관하지 않았다. 자신의 품속에서 잠든 한소진의 모습이 너무도 순진무구하고 아름답기 때문이었다.

                    *   *   *

"네가 금검보의 연지란 말이냐?"

단도후는 깜짝 놀라서 앉아 있던 나무 그루터기에서 벌떡 일어섰다.

그는 자신의 앞에 서 있는 초라하기 짝이 없는 소녀를 주시하면서 눈을 껌뻑거렸다.

소녀는 어디를 봐도 금검보의 소보주인 독고연지다운 구석이 한 군데도 없었다.

헝클어진 머리카락에 갈가리 찢어져서 속살이 내비치는데다, 온몸에 십여 군데 상처까지 입은 처참한 모습이었다.

소녀 독고연지는 신룡문주 단도후를 찾기 위해서 태행산중을 하루 반나절이나 찾아 헤맨 끝에 마침내 단도후 앞에 서게 되었다.

그가 죽이려고 하는 천마신이 누구며, 그녀가 지금 누구와 함께 있는지 알려주려는 것이었다.

"그래요. 소녀가 바로 독고연지예요."

독고연지는 상처를 입은 몸으로 치료도 하지 못하고 잠은커녕 쉬지도 못한 채 산중을 헤매느라 녹초가 된 상태였다.

단도후는 미심쩍은 표정으로 턱을 쓰다듬으면서 다시 나무 그루터기에 앉았다.

"노부는 너를 처음 보지만 금검보의 소보주 같지는 않구나."

"소녀는 문주를 두 번째 뵙지만 여전히 단 상공의 부친처럼 보이지는 않는군요."

단도후는 가볍게 표정이 변했다.

"노부를 첫 번째 본 것이 언제냐?"

"열하루 전에 단운비 상공의 등에 업혀 신룡문에 찾아갔을 때 뵈었었지요."

"그게… 너였느냐?"

"길게 설명할 시간이 없어요."

단도후는 가볍게 눈살을 찌푸렸다. 그는 이 방약무도하고 무례한데다 지저분하기까지 한 소녀가 불쾌하게 여겨졌다.

독고연지는 그의 기분이 어떻든 상관하지 않고 산 위쪽을 가리켰다.

"지금 저기에서 대천회 고수들이 문주의 아들을 죽이려 하고 있는데도 문주께선 이처럼 시간 낭비를 하고 계실 건가요?"

"무어라?"

독고연지는 화가 나기 시작했다. 이 모든 불행의 시작에 바로 단도후가 있었다는 생각이 불현듯 떠오른 것이다.

"문주께선 삼 년여 전에 단 상공을 항주성 거지촌에 버려서 한 번 죽게 만들고는, 이제 두 번째 그를 죽이실 작정이신가요?"

"⋯⋯."

"소녀는 단 상공이 버려진 직후부터 삼 년여 동안 그를 찾아 천하를 헤맸었어요. 그리고 마침내 찾았는데⋯ 그는 저기에서 대천회 고수들에게 죽어가고 있군요!"

참으려고 했는데 와락 눈물이 솟구쳤다. 단도후에 대한 미움과 원망 때문이기도 하고, 그녀 자신이 자신의 행복을 위해서가 아니라 단운비와 한소진의 행복을 위해서 몸부림치고 있다는 사실 때문이기도 했다.

"대천회라니, 그게 무슨 소리냐?"

독고연지는 두 주먹을 움켜쥐고 바락바락 악을 썼다.

"구대문파가 바로 대천회예요! 북문남보에게 빼앗긴 천하 무림을 되찾으려고 구대문파가 삼천혈세록을 만들고, 천하에서 뛰어난 인재들을 찾아내서 살수로 키워 삼천혈세록에 적힌 삼천 명의 고수들을 죽이려고 했단 말이에요!"

단도후는 어? 하는 표정을 지었다.

"당신이 내다 버린 외아들 단운비가 대천회에 끌려가서 살수로 키워질 뻔하다가 구사일생으로 목숨을 건져 탈출했어요! 그리고 그때부터 단운비는 대천회를 찾아 천하를, 아니, 대천회 최고 살수 무혼살이 된 그의 정인 천마신 한소진을 찾아서 천신만고 끝에 여기까지 왔어요!"

단도후는 그제야 머리가 트이는 듯한 표정을 지으며 방금 전에 독고연지가 가리킨 산을 올려다보았다.

"저기에 운비가……."

"어서… 서둘러 주세요! 그가 죽으면… 단 상공이 죽으면 저는 더 이상 살지 못해요……!"

독고연지는 울부짖다가 그대로 주저앉았다.

"그녀의 말이 맞습니다, 문주. 저들은 대천회입니다."

그때 나타난 신룡삼협의 일협 곽남정이 단도후에게 공손히 말했다.

"저는 운비의 부탁으로 구대문파 장문인들을 감시해 왔습니다. 그 결과 그들이 대천회라는 명백한 증거 몇 개를 찾아냈습니다."

"이런 말도 안 되는……."

단도후의 얼굴이 보기 싫게 일그러졌다.

직후 그는 뒤도 돌아보지 않고 산 위로 전력을 다해서 쏘아 올라갔다.

*   *   *

"여기에 흔적이 있습니다!"

동굴 입구에서 들려온 외침 소리에 단운비와 한소진은 깜짝 놀랐다.

그 바람에 단운비는 상념에서, 한소진은 잠에서 깨어났다.

호신막을 펼친 것이 화근이었다. 양신대법이었다면 동굴 밖 수백 장 이내의 기척을 추호도 놓치지 않았을 것이다.

그러나 호신막은 안의 소리만 새어 나가지 못하게 하는 것뿐 아니라 밖의 소리도 듣지 못하게 한다.

방금 같은 고함 소리여야만 들린다. 그러나 이미 때가 너무 늦었다.

동굴 밖에서 많은 사람들이 몰려드는 기척이 어지럽게 들려오고 있었다.

겁에 질린 한소진이 단운비를 쳐다보자 그는 돌처럼 굳은 얼굴로 뚫어지게 동굴 입구 쪽을 쏘아보고 있었다.

잠시 후에 그가 한소진을 바라보며 온화하게 말했다.

[진아, 내 등에 업혀라. 놈들이 공격하기 전에 우리가 먼저 뛰쳐나가자.]

[오빠, 적들이 너무 많아요.]

한소진이 걱정하는 것이 단운비 자신이라는 사실을 그는 잘 안다.

단운비는 한소진의 뺨을 부드럽게 쓰다듬었다.

[우린 이제 죽어도 헤어지지 않을 게다.]

[오빠……]

그리고 그 엄청난 일은 너무도 찰나지간에 예기치 않게 일어났다.

파파팍!

한소진이 번개같이 단운비의 마혈과 아혈을 동시에 제압해 버린 것이다.

단운비가 찢어질 듯이 부릅뜬 눈으로 쳐다보자 한소진은 그의 앞에 쪼그리고 앉아 두 손으로 그의 뺨을 감쌌다.

그리고는 눈물을 글썽이면서 그에게 너무도 감미로운 입맞춤을 했다.

[오빠, 사랑해.]

그 말을 남기고 한소진은 홱 몸을 돌려 쏜살같이 동굴 입구로 달려갔다.

'안 돼! 진아! 안 된다—!'

단운비는 목청이 찢어져라 외쳤으나 한마디도 말이 되어 나가지 않았다.

한소진은 좁은 동굴을 기어서 나가다가 입구에 이르러 단운비를 돌아보았다.

그리고는 눈물 젖은 행복한 미소를 지어 보였다.

[오빠, 나 지금 너무 행복해.]

파앗!

그 말을 남기고 한소진은 동굴 밖으로 쏜살같이 뛰쳐나가 단운비의 시야에서 사라졌다.

"마녀가 나왔다!"

"천마신이다! 죽여라!"

"놓치지 마라! 공격해라!"

그리고 다음 순간 동굴 밖에서 요란한 고함 소리가 한꺼번에 터져 나왔다.

'안 돼… 진아…… 안 된다… 그러면 안 된다…….'

단운비는 온몸을 와들와들 떨면서 눈물을 흘렸다.

단도후가 계곡 위에 올라섰을 때 이십여 장 아래쪽에서 소란이 벌어지고 있었다.

그가 쳐다보니 갈가리 찢어진 옷을 입은 한 명의 소녀가 수백 명의 고수들에게 쫓기다가 막 어느 커다란 바위 위에 내려서고 있었다.

'저 아이가 한소진!'

그 순간 팔대장문인과 구대문파 고수들, 그리고 신룡문의 고수들까지 소녀를 향해 일제히 공격을 퍼부어댔다.

단도후는 번쩍 정신이 들어 다급히 외쳤다.

"안 돼! 멈춰라!"

그의 호통이 온 산을 쩌렁쩌렁하게 울렸다.

그러나 그의 호통이 이미 발출된 수백 명의 공격을 멈추게 하지는 못했다.

단도후는 핏발이 곤두선 눈으로 한소진을 쏘아보았다.

마침 한소진도 호통을 친 단도후를 바라보았다.

단도후는 너무도 아름답고 순진무구한 소녀의 얼굴을 발견했다. 그리고 그 소녀가 자신의 아들 단운비의 정인이라는 사실을 깨달았다.

방긋.

한소진이 단도후에게 미소를 지었다.

퍼퍼퍼퍽!

다음 순간 수십 자루의 도검과 창, 그리고 장력이 한소진의 가녀린 온몸에 작렬했다.

비명도 없었다. 단지 불운한 한 소녀의 몸이 조각조각 잘라져서 꽃잎처럼 허공에 뿌려졌을 뿐이다.

"이런⋯⋯."

온몸에 힘이 빠진 단도후는 그 자리에 주저앉고 말았다.

                    *   *   *

반년 후.

쏴아아⋯ 철썩⋯⋯.

과모라고 불리는 아름다운 섬 백사장에 한 척의 조각배가 밀려와 닿았다.

그리고 배에서 선녀처럼 아름다운 한 명의 여자가 백사장으로 내려섰다.

그녀를 내려준 조각배는 다시 바다를 향해 노를 저어갔다.

그 배에서 한 명의 여자가 슬픈 얼굴로 손을 흔들었다. 그녀는 창천해상단의 자미령이었다.

백사장에 내린 선녀 같은 여자는 멀어지는 배의 자미령을 향해 마주 손을 흔들었다.

조각배는 저 멀리에 정박해 있는 한 척의 상선을 향해 점차 멀어져 갔다.

백사장에 남은 선녀 같은 여자는 몸을 돌려 백사장 끝 푸른 초원과 야자수들이 자라고 있는 곳으로 걸음을 옮겼다.

선녀 같은 여자는 그리 크지 않은 과모섬을 두 시진 동안 찾아 헤맨 끝에 한곳에 멈추었다.

산이 있고, 그 산에서 흘러내리는 옥처럼 맑은 계류가 있으며, 계류는 멀지 않은 곳의 바다로 흘러들고 있었다.

그곳 계류 가장자리의 야트막한 언덕 위에 한 척의 그림처럼 고운 통나무집이 위치해 있었다.

선녀 같은 여자는 통나무집 앞에서 조심스럽게 주위를 살펴보며 그리운 누군가의 흔적을 찾는 듯했다.

통나무집 입구 옆에는 등받이가 있는 의자 두 개가 나란히 놓여 있었다.

부부나 연인끼리 앉으면 딱 좋을 그런 다정한 의자였다.

선녀 같은 여자는 그중에 왼쪽의 의자에 살포시 앉았다. 그리고는 언덕 아래의 계류와 폭포, 푸르른 신록, 파란 하늘에 흘러가는 조각구름, 눈부신 태양, 은빛으로 빛나는 바다를 두루 돌아보았다.

저벅저벅.

그때 통나무집 오른쪽 산이 있는 방향 가까운 곳에서 묵직한 발자국 소리가 들려왔다.

선녀 같은 여자는 화들짝 놀라서 벌떡 일어나 발자국 소리가 들려오는 쪽을 바라보았다.

저벅저벅.

발자국 소리가 점점 가까워지더니 잠시 후 커다란 통나무를 어깨에 메고 손에는 도끼를 움켜잡은 텁석부리 수염투성이 사내 한 명이 통나무집 모퉁이를 돌아서 걸어나왔다.

그리고 한순간 두 사람은 서로를 발견하고 그 자리에서 얼어붙었다.

사내는 놀란 듯 부릅뜬 눈으로, 선녀 같은 여자는 기쁜 듯 눈물을 글썽이며 서로를 바라보았다.

억겁 같기도 하고 일 수유(一須臾) 같기도 한 시간이 흘렀다.

사내의 텁석부리 수염투성이 입이 열리면서 나직하면서도 청아한 목소리가 흘러나왔다.

"연지."

선녀 같은 여자는 옥처럼 뽀얀 뺨으로 그보다 더 맑은 눈물을 흘리며 미소 지었다.

"단 상공."

사내의 얼굴이 짧은 순간 여러 차례 변했다.

선녀 같은 여자는 두 손을 가슴에 모으고 조심스럽게 말했다.

"돌아가라고 말씀하시면 돌아가겠어요."

쿵!

텁석부리사내는 메고 있던 통나무와 도끼를 내려놓았다.

그리고 긴 한숨을 토해냈다.

"연지; 그대 같은 바보는 일찍이 본 적이 없소. 어쩌면 그렇게도 착하기만 하오?"

"소녀는……."

텁석부리사내는 손으로 통나무집을 만졌다.

"보다시피 이 집은 매우 엉성하오."

그는 다시 계류와 산과 바다를 두루 가리켰다.

"그리고 이곳에서는 땀을 흘려야만 그만큼의 먹을 것을 구할 수 있소."

쿵!

그는 가슴이 메어지는 듯한 표정을 지으며 주먹으로 가슴을 두드렸다.

"더구나 나는 제 여자를 제대로 지키지도 못하는 놈이오."

마지막으로 그는 두 팔을 벌려 보였다.

"그래도 괜찮다면 연지 그대는 이곳에서 살아도 좋소."

선녀 같은 여자는 비 오듯이 눈물을 흘리며 달려가 텁석부리사내의 품에 안겼다.

그리고는 그의 품속에서 종달새처럼 지저귀었다.

"소녀에겐 당신만 계시면 돼요."

텁석부리사내는 선녀 같은 여자의 떨리는 여린 등을 쓰다듬으며 메마른 웃음을 흘렸다.

"하하하! 연지, 그대의 바보 같은 착한 심성은 도대체 언제쯤 고쳐지겠소?"

텁석부리사내는 선녀 같은 여자를 의자에 앉히고 자신은 그

옆에 앉았다.

　그리고 그녀의 손을 잡고 함께 바다를 응시하면서 고즈넉이 중얼거렸다.

　"내일은 집을 수리해야겠군."

〈大尾〉

Book Publishing CHUNGEORAM
송진용 新무협 판타지 소설

호랑이
이빨

黑風口

흑풍구

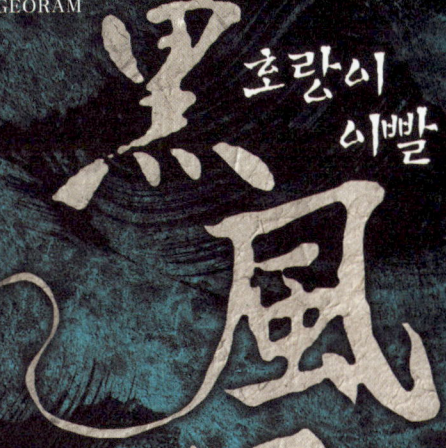

새로운 대륙, 새로운 강호에서
새로운 이야기가 시작된다.
검은 하늘에 빛나는 별처럼 찬란한 영웅들이 있고, 그들의 영혼을 탐내는 어둠이 있다.
그 혼돈의 시대에 태어나 불굴의 기백을 지니고 전장을 치달리던 장수 황보강.
그를 쫓는 〈악몽〉들, 그리고 운명이라는 이름으로 결정지어진 고난.
그것들은 결코 떼어놓을 수 없는 그의 분신이기도 하다.
어느 날 황보강은 선택의 기로에 선다.
운명에 굴복하고 나 또한 〈악몽〉이 될 것이냐 아니면 내 손으로 내 운명을 만들어 나가는
자가 될 것이냐……
전자의 길은 편하고 달콤할 것이며, 후자의 길은 가시밭길이 될 것이다.

〈악몽〉은 언제나 우리 곁에 있는 어둠이다. 우리들의 또 다른 모습이기도 한 것이다.
그래서 우리는 매 순간 황보강과 같은 선택의 기로에 서지 않던가.
그리고 무엇을 택하든 모든 운명은 〈무정하(無情河)〉에서 비로소 끝나리라.

Book Publishing CHUNGEORAM

유행이 아닌 자유추구 -
WWW. chungeoram.com

RELOAD

리로드
Book Publishing CHUNGEORAM
이수영 판타지 장편 소설

'Fly me to the moon' 의 작가 이수영!
'리로드Reload' 로 귀환하다!

－빈약한 운명 하나를 쥐어 그 자리에 넣었구려. 허나 그대가 되돌린 인간은
한낱미약하겐 너무도 강한 운명을 가진 자요. 그자로 인하여 뒤틀릴 운명들은
어찌하리요?

운명의 여신이 준엄하게 물었다.

－나는 대가를 치렀소. 운명의 여신 베기르 라라여, 동의하시오?

전신(戰神) 카자르 엔더는 하나 남은 혈손을 위해 신력의 반을 희생했지만
그의 투기는 흔들리지 않았다. 그는 현존하는 전쟁의 신이고 대륙에서 가
장 크게 숭앙받는 신이었다. 하위 신들과 비슷할 정도로 신력이 감소했어
도 그의 영향력은 줄어들지 않았다.

－오만하구려, 카자르 엔더여.

베기르 라라가 냉소했다. 운명의 여신은 평소에는 조용했지만 뒤틀린 시간
과 인과에 대해서는 엄격하였다. 그녀가 다스리는 운명의 굴레는 신들조차
벗어날 수 없는 것. 장대를 휘두르는 눈먼 여신을 신들도 두려워했다.
그러나 오만하고 교활한 전신(戰神)은 그녀를 외면하고 항의하는 다른 신
들을 향해 미소 지었다.

－누누이 말하지만, 말로만 떠들지 말고 덤벼.

● '낙월소검(落月笑劍) - 달빛은 흐르고 검은 웃는다'
BOOKCUBE에서 절찬 연재 중.

Book Publishing CHUNGEORAM

유행이 아닌 자유추구-
WWW.chungeoram.com

Book Publishing CHUNGEORAM
대호 퓨전 판타지 소설

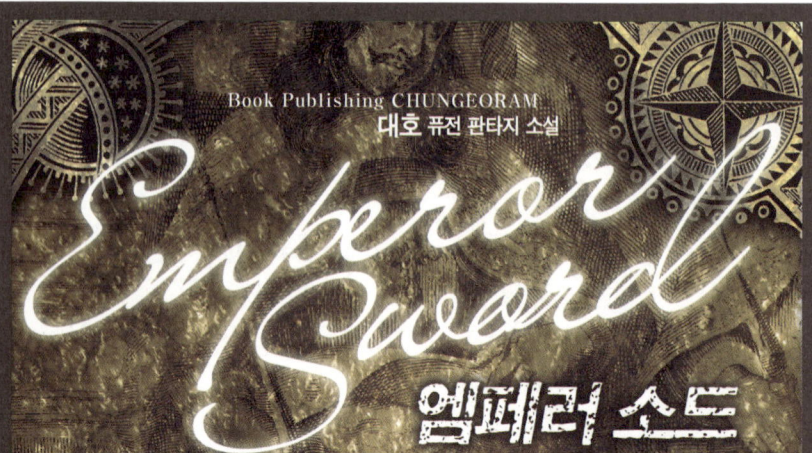

Emperor Sword

엠페러 소드

어머니의 강권으로 용병 생활을 끝마치고 돌아왔더니
이번엔 로열 아카데미에 입학?
조용히 학창생활을 영위하려 했더니, 뭐?
부모님은 사라지고 집이 불타?

실종된 부모님을 찾기 위해, 귀족들의 횡포를 처벌하기 위해
오늘도 그의 황금 사자패가 빛을 뿜는다!

"암행어사 출두야!"

테일론 대제국의 유일한 암행 감찰관 레인!
그가 만들어가는 새로운 판타지에 주목하라!

유행이 아닌 자유추구 -
WWW.chungeoram.com
Book Publishing CHUNGEORAM